ADRESSE
AU PEUPLE FRANÇAIS,

SUR

LA MONARCHIE DE LOUIS XVIII

ET

LA RELIGION DE L'ÉTAT.

A BLOIS,
de l'imprimerie de Verdier, imprimeur
de la Préfecture.

ADRESSE
AU PEUPE FRANÇAIS,
SUR
LA MONARCHIE DE LOUIS XVIII
ET
LA RÉLIGION DE L'ÉTAT.

PRIX : DEUX FRANCS.

PARIS,
ADRIEN ÉGRON, IMPRIMEUR
DE SON ALTESSE ROYALE, MONSEIGNEUR LE DUC D'ANGOULÊME,
RUE DES NOYERS, N.° 37

1816.

ADRESSE
AU PEUPLE FRANÇAIS,

SUR

LA MONARCHIE DE LOUIS XVIII

ET

LA RELIGION DE L'ÉTAT.

Homme du peuple, j'écris pour le peuple, dont les erreurs sont toujours l'ouvrage de ceux qui dirigent ses opinions. Le peuple sent aujourd'hui la différence qu'il y a d'être gouverné par les lois ou par les armes, par la terreur ou par l'amour. Il gémit parce qu'il souffre réellement; il se plaint parce qu'il est écrasé; et il accuse le gouvernement actuel des maux que ce gouvernement partage avec lui, et que l'ambition d'un seul homme et le parjure de quelques autres ont appelés sur sa tête. Le peuple est impatient de changer de situation, mais il n'en est pas moins indécis sur la conduite qu'il doit tenir: s'il restera séditieux et criminel, ou s'il deviendra comme autrefois le sujet le plus fidèle à son souverain. Il s'agit donc d'opposer à son indécision les raisonnemens les plus clairs et les plus à sa portée: il s'agit de lui prouver que depuis longtemps, la

France irréligieuse renferme dans son sein le germe d'une maladie contagieuse et mortelle ; et qu'après avoir poussé plus loin l'esclavage, que l'usurpateur la tyrannie, elle ne serait plus en droit de se plaindre, sans l'Auguste Intermédiaire qui a bien voulu se placer entre les nombreux exécuteurs des vengeances divines et humaines, et des malheurs qui le touchent de si près. Le peuple avait l'habitude de servir un tyran, il est essentiel de lui faire concevoir la nécessité d'avoir un père. En voyant de nouveaux écarts de la part du peuple, on serait en droit d'en conclure que la masse de l'oppression, sous le poids de laquelle il se désespère, n'est point à son comble.

Il est impossible de se le dissimuler : le génie de la révolution plane encore sur notre malheureuse patrie, il s'étend jusques dans les bourgs et les villages éloignés des grandes villes ; le calme apparent des factieux est plus à craindre que l'orage ; et pour ne pas oser en ce moment, ils n'en seraient pas moins par la suite entreprenans, si le peuple avait l'entêtement de les soutenir une troisième fois. Ils continuent auprès de lui sous main, et par des menées secrètes, ce qu'ils ont fait ostensiblement. Quand une secte perverse dans ses principes devient plus modérée dans sa conduite, elle n'en est que plus dangereuse. Ce sont les mêmes hommes, qui depuis vingt-cinq ans prêchent les mêmes dogmes éversifs de tout culte et tout ordre social. Il faut donc avertir le peuple du nouveau danger qu'il court. Le peuple naturellement peu réflechissant, et très-prompt dans son premier jugement, oublie trop tôt et trop vite les leçons de l'expérience: il faut donc lui rappeler ses malheurs et ses crimes, les rendre toujours présens à sa mémoire, et planter des jallons qui l'avertissent de ne plus se briser aux mêmes écueils. Le peuple souvent bon, mais quelquefois méchant par irritation, manque de ce qu'on appelle esprit ferme et constant dans ses bonnes résolutions: il se livre facilement aux murmures, et se rend sans réflexion à l'appel des émeutes. Il faut alors lui enseigner les principes d'une saine morale, et par des démonstrations prises dans ses lumières et dans son cœur, le ramener à des idées de justice et de paix; il faut lui dire: *Dans le doute si une action est bonne ou mauvaise ne la fais pas... Il vaut mieux supporter la misère que l'ignominie...* Le peuple enfin qui, après ces différentes instructions, passerait encore les bornes de la liberté constitutionnelle, ou ne pourrait les atteindre, serait un peuple ignorant, un peuple méchant, incapable de penser comme de se repentir, et ne mériterait aucune grace: on doit alors le séparer du peuple honnête, qui sait rentrer dans le secret de sa conscience et refléchir. C'est chez ce dernier, je me plais à le publier, que j'ai vu des hommes chargés de leurs propres misères, s'intéresser de compassion à celles des autres, et montrer des vertus qui n'attendaient qu'une occasion favorable pour être mises en œuvre. C'est pour cette portion sentimentale du peuple que je prends la plume : le mépris public et des lois sevères doivent faire justice de la portion incorrigible, de cette portion avec laquelle on ne doit jamais ni transiger ni contester, et qui n'ayant rien à perdre, est dans un état perpetuel de guerre et de rapine avec les autres.

Je partagerai ce discours en deux parties.

Dans la premiére, je rappellerai les causes de la démoralisation du peuple, au nombre desquelles je place l'irréligion, et cet esprit révolutionnaire ou républicain, qui renferme essentiellement la haine de tous les Rois, à l'exception du plus impie et du plus pervers. J'indiquerai les moyens de se garantir de toute rechûte dans cette absurde contradiction: la haine des bons Rois et l'attachement au plus mauvais. Je répondrai aux reproches injustement formés contre les intentions libérales de Sa Majesté, et j'en prouverai les avantages. Si j'attaque d'un côté la raison du peuple, par le récit de quelques crimes auxquels il a pris part, d'un autre côté je crois ménager son amour-propre, en attaquant également son cœur, et lui retraçant le bonheur dont il jouissait avant la révolution, et dont il est à même de jouir sous un Prince qui, comme la Divinité, ne repousse aucun de ceux qui retournent vers lui.

Dans la seconde partie, j'établirai la nécessité de

la religion, tellement liée à la morale et à la politique, que d'après Plutarque, *une cité se soutiendrait plutôt en l'air que sans religion ;* principe incontestable auquel la Bruyère a ajouté : *si vous avez même une bourgade à gouverner, il faut qu'elle ait une religion.*

On doit s'oublier soi-même, quand on veut instruire les autres. Au défaut de talens, j'invoque l'humanité, elle sera ma lumière ; les hommes les plus humains, dit-on, se trompent rarement : j'invoque la raison, elle éclaire lentement, mais infailliblement; j'invoque enfin mon attachement inviolable à la religion de l'état et à son Souverain. Mon but étant de rendre aimable jusqu'à l'obéissance qu'on leur doit, et ma plus grande récompense de voir le peuple meilleur et plus heureux, je ne puis que réussir si j'obtiens également l'indulgence du lecteur. *Quand je ne serais que l'apôtre d'un seul homme, si j'avais le bonheur de le convaincre, je ne me croirais plus un fardeau inutile sur la terre.*

PREMIÈRE PARTIE.

Si la Ligue était l'injure du temps, et la Fronde sa folie, on peut assurer que la révolution est la perversité de notre âge. Par une de ces monstruosités qui se voient rarement dans l'histoire, ce sont les trois meilleurs BOURBONS qui ont été ceux de nos Rois auxquels, en l'espace de deux siecles, leurs sujets ont disputé la couronne. Un prétexte de religion l'a refusée au bon HENRI IV, le vertueux LOUIS XVI a été sacrifié à la désorganisation générale de son royaume ; et pour un modique intérêt de fortune ou d'emploi, dans lequel ils veulent se perpétuer, quelques Français balançent encore entre LOUIS XVIII, auquel ils ne peuvent refuser, avec l'univers entier, leur tribut de vénération, et Buonaparte qu'ils ne peuvent estimer avec ce même univers ; c'est-à-dire entre le juste et l'injuste, la douceur et la dureté, la modération et l'ambition, la paix et la guerre, l'économie et la prodigalité, le calme et la tempête, l'amour et la haine, les sentimens les plus épurés, et le plus lâche des crimes, le parjure, et la plus horrible des perfidies, l'usurpation. Peuple ! je vous invite à vous retirer dans le silence de vos réflexions, avant de vous prononcer sur ces contrastes qui m'effrayent.

HENRI IV, dont le pauvre, dans son malheur, n'a jamais perdu le souvenir, en dépit du tyran que la gloire de ce prince contrariait, par la raison que le méchant n'affecte de dédaigner une réputation de générosité, que parce qu'il est incapable de l'atteindre ; HENRI IV, dis-je, était le plus grand capitaine de son temps. *On admirait*, dit M. de Péréfixe, archevêque de Paris, *sa rare intelligence, son merveilleux génie, et son activité infatigable dans le métier de la guerre.* Monté sur le trône de ses ancêtres, et rappelé pour l'intérêt de ses sujets à des vues pacifiques, *il s'occupait*, dit M. l'abbé de Condillac, *à corriger tous les abus en matière de finances, non-seulement afin de ne se trouver jamais dans la nécessité de mettre de nouveaux impôts, mais encore de pouvoir par la suite décharger son peuple d'une partie de ceux dont il était accablé.* On connaît sa clémence, en faisant passer des vivres aux Parisiens révoltés et pressés par la famine, et prolongeant ainsi par ce secours la reddition de leur ville. On se rappèle sa grandeur d'ame envers les autres places de la Ligue, en répondant, dit Folard, aux personnes qui l'exhortaient à user de rigueur envers ces places : *la satisfaction que l'on retire de la vengeance ne dure qu'un moment, celle que l'on retire de l'indulgence est éternelle.* Enfin dit Voltaire, *ses faiblesses furent celles du meilleur des hommes.*

Je n'insisterai pas davantage sur les traits qui caractérisent ce bon Roi, parce qu'il ne s'agit pas d'une histoire de France, et sur-tout parce que les mêmes vertus d'indulgence et de bonté, se trouvent réunies en la personne de Louis XVIII, oubliant, comme son modèle, les injures, et se sacrifiant, comme lui, à la conservation de ses sujets. La clémence est donc une vertu que les Bourbons ne veulent partager avec personne? Je ne puis cependant résister au plaisir de copier ici cette partie des mémoires de M. l'abbé de Marolles, qui peint si naïvement la fin du siècle d'Henri le grand, par la conviction où je suis que quelques années de paix procureront à ma patrie une semblable félicité.

« Si jamais l'âge d'or a existé, dit cet auteur, » c'est sous le règne du premier des Bourbons. » L'idée qui me reste de ce temps-là, me donne de » la joie. Je revois en esprit la beauté des campa- » gnes : dès-lors il me semble qu'elles étaient plus » fertiles qu'elles n'ont été depuis, que les prairies » étaient plus verdoyantes qu'elles ne le sont à » présent, que nos arbres avaient plus de fruit. » Il n'y avait rien de si doux que d'entendre le » ramage des oiseaux, et les chansons des bergers. » Le bétail était mené sûrement aux champs, et » les laboureurs versaient les guérêts, que les le- » veurs des tailles et les gens de guerre n'avaient » pas ravagés. Ils avaient leurs meubles et leurs » provisions nécessaires, ils couchaient dans leurs » lits. On voyait partout une propreté bienséante. » L'éloignement du grand monde n'abattait pas le » cœur, et ne rendait pas l'habitant des campagnes » plus grossier. On entendait des concerts de mu- » settes, des flûtes et des haut-bois : la danse rusti- » que durait jusqu'au soir; on ne se plaignait pas com- » me aujourd'hui, des impositions excessives et né- » cessaires, chacun payait sa taxe avec gaîté. Telle » était la fin du règne du bon Henri IV, qui fut » aussi la fin de beaucoup de biens et le commence- » ment de beaucoup de maux, quand une furie » enragée ôta la vie au Prince. »

En rappelant Louis XVI, je me trouve forcé de rappeler les crimes de son peuple. Mais quand il existe un fait historique aussi atroce, il faut que mille voix le racontent, et que mille écrits le conservent, pour qu'il ne soit plus imité. C'est d'ailleurs retracer au peuple le bonheur qu'il avait perdu, et celui qu'il peut retenir ; c'est lui montrer enfin l'excellence dans la bonté, dans l'équité, dans la douceur, dans la fidelité, dans la loyauté et dans la piété. Simple particulier, Louis XVI, resigné comme Epitecte, était le plus honnète et le plus vertueux des hommes : Roi, c'était la clémence de Titus, la bienfaisance de Marc-Aurele, et la sagesse de Saint-Louis. Douter d'une seule de ses vertus royales et privées, c'est mettre en doute l'existence même de la vertu. La nature lui avait donné en naissant le goût du bon, du juste et de l'honnête. Il s'est fait bénir dans un âge où l'on ne pouvait rien exiger de lui. Qu'il me soit permis de rapporter ici ce que M. de Boisgelin, archevèque d'Aix, en a dit dans son discours de réception à l'Académie française : en multipliant les citations, c'est le moyen de me sauver dans la foule des écrivains.

« Un jeune Souverain s'éleve, auquel une grande » et pénible tâche est imposée : celle de remplir » notre première attente. Il n'a pas séparé du bon- » heur et de l'amour de son peuple la gloire de son » regne. Il se plaît au récit de tous les biens qu'il » veut faire, et semble oublier tous ceux qu'il a faits. » On peut l'entretenir de ses devoirs, et non de » ses vertus. »

L'Abbé de Radonvilliers, sous-précepteur de Louis XVI, s'exprimait ainsi sur son auguste éleve, dans la même Académie française : *d'ordinaire on dit aux Rois, gardez-vous des flatteurs, il faudra dire à ceux-ci, gardez-vous du Roi.*

Louis XVI, suivant l'académicien, auteur du philosophe Bélisaire, *était un Roi devant lequel on pouvait louer sans crainte toutes les vertus, et blâmer sans danger tous les vices.*

O vous! les ennemis de Louis XVI, s'il peut en rester encore à l'être le plus moral, au martyr de l'amour paternel et religieux; lisez, je vous en conjure, le testament de ce bon Roi, ce chef-d'œuvre d'une éloquence persuasive, d'une supériorité d'ame plus qu'humaine, et d'une force inconcevable à des cœurs ulcérés. Il est donc des expressions que la vertu seule a le droit de prononcer, comme il est des actions que le vice ne parviendra jamais à imiter! Si on n'eut pas dissimulé à son peuple le rare mérite de cet excellent monarque, auquel les Georges, les Fréderic et toutes les puissances du monde se sont fait un devoir sacré de rendre un hommage aussi public qu'éclatant, ce peuple n'aurait pas vingt-cinq années de crime à déplorer et de malheurs à réparer. Louis XVI a pardonné sa mort avec la même tranquillité qu'il avait auparavant pardonné les attentats commis envers lui à Versailles, à Paris et à Varennes. Cette mort est l'acte d'accusation le plus véhément de ceux qui l'ont ordonnée : mais qu'ils se rassurent : le frère, le successeur de Louis XVI a ratifié ce pardon généreux ; et l'on est encore moins surpris de cet étonnant pardon, que de l'audace de ceux qui, par de nouveaux outrages, se sont mis dans le cas de ne plus le mériter. Louis XVI en mourant, a recommandé à la loyauté française son épouse et ses enfans : n'était-ce pas donner la preuve la plus démonstrative de sa clémence, de sa droiture et de son dévouement personnel, que de croire ses ennemis incapables d'ajouter de nouveaux crimes au plus grand des forfaits, à celui de régicide ? Sans son attachement à des ingrats qu'il connaissait, la journée du 10 août 1791, si calomniée et si défigurée, aurait dû terminer cette affreuse révolution ; et le sang n'aurait pas souillé les marches du trône des vertus. Mais il est depuis longtemps prouvé que ce prince avait des perfides jusques dans son palais, et qu'ils étaient en correspondance secrette avec les factieux de l'assemblée, instruite alors de tous les projets de la Cour. Funeste aveuglément des Rois, qui ont le malheur de s'en rapporter aux apparences mensongères de fidélité ! Déplorable condition des meilleurs princes : malgré leurs vertus et leurs lumières, l'intrigue ne place que trop souvent auprès d'eux des ames basses et cupides, qui tiennent magasin d'argent, de crimes et de vengeances.

Des orateurs inconsidérés ont eu la maladresse de rappeler les défenses qui nous ont été faites à cette époque du 10 août, pour n'accorder à Louis XVI que la science des saints et des martyrs, et de lui reprocher son excessive confiance envers des ministres pervers. Eh! qui plus que lui a eu la force de leur résister et même de les éconduire, lorsqu'il a découvert leurs cruelles intentions ou le vuide de leurs systêmes! S'il présentait à son conseil ses observations particulières avec la modestie d'un sage, s'il souffrait même les contradictions, il savait également prendre un parti décisif, lorsqu'il s'agissait, non de sa propre conservation, mais des intérêts de son peuple, qu'il a toujours chéri avec la plus tendre affection. C'est ainsi que d'un côté il s'est laissé enlever le plus grand nombre de ses défenseurs par les réformes de l'austère Saint-Germain; qu'il s'est sacrifié lui-même aux époques ci-dessus indiquées, pour épargner ses coupables enfans; et que d'un autre côté, il a congédié les ministres notoirement voués à la faction antimonarchique, et surtout ces empyriques qui, sans opérer en finances avec le tâtonnement de l'expérience, voulaient tout détruire et tout réformer, soit par des spéculations philosophiques, soit par des emprunts toujours ruineux.

Louis XVI avait le goût de l'ordre et de la conservation, pour ne rien devoir à la postérité. Il ne réservait la magnificence que pour les temples et les palais: ailleurs, économie dans l'administration de ses domaines et la tenue de sa maison. Au 13 octobre 1790, la marine française, malgré la pénurie des finances, n'en était pas moins forte de soixante-quatorze vaisseaux de ligne et de soixante-cinq frégates.

Louis XVI a donné les instructions les plus savantes à M. de la Pérouse sur la marche qu'il devait tenir dans son voyage autour du monde: le plus éclairé des géographes, le petit-fils de Louis XV, auteur d'une géographie de la France par le cours des fleuves, pouvait seul guider les pas du plus infortuné des voyageurs. Ses connaissances en marine embarrassaient ses ministres; et les Suffren, les d'Orvilliers, les la Clocheterie et autres officiers distingués ne sont malheureusement plus, pour attester à la fois l'étendue de ses lumières, sa générosité dans les récompenses, et sa délicatesse dans le choix et la distribution.

Enfin Louis XVI a aboli les corvées, réformé le code pénal, institué les jurés et donné des défenseurs aux accusés: il était inconvenant d'en accorder à un banqueroutier frauduleux, à un concussionnaire, et d'en refuser à un infortuné souvent innocent. Il a rejetté les confiscations, comme un vol fait aux enfans des coupables: Antonin ne devait pas suivre l'exemple introduit par Sylla dans ses proscriptions, et renouvellé depuis par son imitateur. Il a prohibé la torture: *invention tout-à-fait merveilleuse*, dit la Bruyère, *pour condamner un innocent qui a la complexion faible, et sauver un coupable qui est né fortement constitué*. Il a supprimé l'abus des lettres de cachet, proposé d'abolir les gabelles, et créé les assemblées provinciales, souvent utiles, et jamais dangereuses au Souverain, quand leurs membres sont de son choix. Il a construit et fortifié le port de Cherbourg, et s'est seul apperçu du vice de l'un de ses moles. Son joyeux avénement au trône n'a été qu'un jour de fête, et jamais il n'a mis un nouvel impôt. Bon époux, tendre père, il appréciait le cœur et le mérite de l'auguste fille de Marie-Thérèse, et se plaisait à instruire ses enfans. On aimait à retrouver l'homme dans le Roi, lorsque jusques dans les jeux de son fils, il lui donnait des leçons de sagesse et de vertu, et qu'il lui enseignait l'obligation royale de faire le bonheur de son peuple, et le sécret héréditaire de le rendre heureux. MADAME était une rose, autour de laquelle il aurait voulu détruire les chardons qui l'empêchaient de croître et de montrer tout son éclat. Tout ce qui l'approchait se retirait content, il était si juste! et tout ce qui l'environnait était satisfait; il était si bon!

En un mot, les réponses de LOUIS XVI à la Convention annoncent la prudence de l'homme public, la grandeur d'ame du héros, la sagesse du philosophe instruit, et le sang-froid de l'homme irréprochable. Son courageux défenseur voudra bien recevoir ici mon respectueux hommage : les témoignages de confiance qui lui ont été accordés par SA MAJESTÉ sont un nouveau bienfait pour ses sujets.

Peuple, mon cœur en dictant à ma plume cet éloge, n'acquitte que faiblement notre dette envers le Souverain que nous avons aimé, et qui nous portait le plus juste attachement. Je l'ai fait d'autant plus librement qu'on ne peut m'accuser de flatterie ou d'intérêt personnel. Vous vous ressouvenez de ces cris de douleur et de ces larmes abondantes qui ont interrompu nos prières au moment de la nouvelle de sa mort et de son entrée triomphante au séjour de Saint-Louis : le ministre qui prononçait pour la conservation de sa famille, dans le secret de nos chapelles, les prières des quarante heures, ne pouvait les achever au milieu de ses sanglots et des nôtres. Gardons toujours la mémoire de ce bon Roi, reportons à son successeur nos sentimens d'amour et de reconnaissance, car c'est l'homme selon le cœur de Dieu, choisi pour être le seul conducteur de son peuple ; et tâchons d'oublier l'usurpateur qui s'est élancé sur le trône des enfans d'HENRI LE GRAND ! un Français n'aurait jamais eu cette audace.

HENRI VIII, d'Angleterre, meurt dans son lit ; Christiern II, de Dannemark, dans une prison ; Buonaparte, de Corse, dans l'élysée de sainte-Helène, et Louis XVI sur un échaffaud ! Ici, ma plume se refuse à tracer les sentimens que j'éprouve, et mes pleurs couvrent cet écrit.

Il est cependant nécessaire au peuple de connaître les causes de cette étonnante révolution : ne fût-ce que pour l'instruction des générations à venir.

Les états-généraux, connus à Rome sous le nom de comices ; en Espagne, sous celui de cortès, et souvent en France, sous les noms de conférences, grands plaids, convocations générales, champs de mars, champs de mai, et parlemens jusqu'en 1300, époque de la création du parlement de Paris par Philippe le Bel; les états-généraux, dis-je, sont des établissemens plus anciens que la monarchie française. Pour s'opposer à ce que César passât la Loire, on voit dans l'histoire des Gaules, Vercingentorix de l'ancienne maison d'Auvergne, convoquer les états-généraux et les assembler à Autun. Nos Rois adoptèrent cette mesure dans certaines occasions importantes, et le peuple n'y fut admis pour la première fois par le même Philippe le Bel qu'en 1304. Louis XI, qu'on se plaît trop à dénigrer, eut le bonheur d'en sentir l'inconvénient, parce que le pouvoir des états-généraux était devenu si excessif, qu'il restreignait celui des Rois. Il eut été à désirer que Louis XVI, pour un *deficit* dans les finances, bien inférieur à celui qui existe aujourd'hui, ne les eût jamais convoqués : toujours est-il certain que le ministre auquel on doit la double représentation du tiers, égale à celle des deux premiers ordres réunis, a causé cet incendie moral, dont les progrès ont été aussi rapides que désolans. Je dois m'expliquer et rendre le plus clairement possible cette pensée.

Il n'en n'est pas des assemblées précédentes, comme de celle sur laquelle la France entière fonde en ce moment sa plus chère espérance. Ce ne sont plus des États-généraux, une Législature, une Convention, mais un Sénat français, composé de la Chambre des Pairs et de celle des Députés ; conséquemment mieux constitué que celui de Rome, préférable à celui de Suède, et semblable au Parlement de cette île fameuse, séjour de la philosophie, de la tolérance, et d'une sage liberté, où Louis XVIII a dérobé pour notre bonheur le feu de Promethée. Autrement ce serait de ma part me déclarer vainement l'ennemi de Sa Majesté et de son peuple, que de tenter à faire renaître une autorité sans bornes. Aujourd'hui, le souverain, juge des besoins de la loi, et les chambres, plus propres à débattre qu'à imaginer, prononcent sur son intérêt.

Le plus grand ministre d'un bon Roi, M. de Sully, a dit: *Si la sagesse descendait sur la terre, elle aimerait mieux se loger dans une seule tête, que dans celle d'un corps entier.* Le moraliste par excellence ajoute qu'on n'a jamais vu de chef-d'œuvre d'esprit, qui soit l'ouvrage de plusieurs. Et en effet, toutes les universités de l'Europe ne pourraient composer un seul chant de l'Énéide, et toutes les académies de peinture, *Buonaparte préférant se rendre au Bellérophon, que d'offrir les chances d'un dernier combat.* Un seul médecin a trouvé la circulation du sang, dit Voltaire; et le sage Locke a rédigé la constitution anglo-américaine. Toute assemblée, livrée à ses intérêts, à ses intrigues et à ses passions, est donc plus qu'inutile ; et l'on doit même assurer qu'elle est dangereuse dans une monarchie, parce qu'il existe une lutte continuelle entre le pouvoir qui veut toujours croître, et l'assemblée qui ne veut rien céder. Quel sera le contre-poids, si une faction puissante vient à la dominer ? si l'ignorance, l'esprit de dispute, la haine, la jalousie regnent dans cette assemblée ? Aucun n'est chargé en son propre nom de la honte de sa compagnie ; et si les pirates de cette assemblée en attaquent les honnêtes-gens, quel sera le nouvel Alexandre qui osera et pourra punir ces pirates ? quel sera enfin le pouvoir de protection et de conservation ? Tout sera donc réformé, tout sera donc détruit, puisqu'il se forme de l'ambition secrette de chaque membre, une ambition générale qui s'empare alors de tous les pouvoirs. Ou la lenteur des délibérations nuira à la marche du gouvernement, ou les lois ne seront plus le résultat d'une lente délibération qui les murisse : et alors autant de nouvelles lois, autant de sources fécondes de subtilités qui les multiplient à l'infini, selon les différentes circonstances. Sans parler de la dernière assemblée, où l'absurde versait son ridicule sur ses arrêtés, fixons-nous un instant à l'assemblée constituante, certainement composée des hommes les plus éclairés de la nation. Elle n'en a pas moins prouvé cet oracle de la sagesse : que se fier à une assemblée de personnes instruites, est la plus grande des imprudences.

Peuple, j'ai puisé l'opinion que je viens d'émettre dans mon auteur chéri, dans la Bruyère; et je ne crois pas qu'il se soit trompé. Le motif principal dont devaient s'occuper les états-généraux de 1789, n'était pas de donner une constitution à la France, mais d'établir un système de finances pris dans la pureté des principes et des affections de Louis XVI, et de consoler ce prince en assurant la dette publique.

Je me rappelle qu'après avoir entendu la lecture de son discours à la séance du 21 juin 1789, mon cœur plus occupé peut-être que ma raison de l'objet essentiel de cette séance, m'avait inspiré la réponse qui suit, et que je livre comme le songe d'un bon homme. Les contemporains de l'abbé de Saint-Pierre doivent à ses rêves la suppression de la taille arbitraire: puisse le mien donner naissance au projet de finances, qui fixera un terme aux souffrances du chef et des sujets!

« Sa Majesté vous a convoqués, Messieurs, pour » lui indiquer les moyens d'éviter au trésor public » le déshonneur affligeant d'une cessation de paiement, » sans que ces moyens soient onéreux à l'agriculture » et au commerce; car les taxes sur ce dernier » article se prennent avec usure sur le peuple; et » malheur à vous, si vous pensez qu'il doit être » accablé d'impôts pour être soumis, et qu'il faut » l'appauvrir pour le rendre docile, puisqu'au con-

» traire l'indigence seule peut le soulever, *sans* » *qu'il soit besoin de l'exciter autrement à la révolte.* » Vous savez que les impôts qui portent sur la con- » sommation atteignent toutes les classes de la société ; » mais ces impôts sont tels aujourd'hui qu'il serait » peut-être dangereux de les augmenter. Les rentes » sur l'hôtel de ville ont été l'époque de la misère » que Colbert avait annoncée ; et se serait exposer » SA MAJESTÉ à perdre la confiance de son peuple, » que de lui proposer de nouveaux emprunts qui » ne seraient pas remplis. Les contributions sur les » objets de luxe étrangers à la France, et dont elle » peut se passer, rempliront mieux les vues bien- » faisantes du Monarque et les vôtres. En consé- » quence je vous propose une augmentation sur l'en- » trée de ces objets, et une retenue progresssive sur » les pensions et traitemens, qui pendant sa durée » jusqu'à l'extinction de la dette publique, ne pourra, » *sous aucun prétexte*, frapper sur les premiers be- » soins des fonctionnaires et des pensionnaires de » l'état, et qu'il sera facile d'adopter, avec quel- » ques modifications, s'il y a lieu, pour les autres » contributions. »

» *Art.* Ier. Tout traitement et toute pension de » deux mille francs et au-dessous, seront exempts de » toute retenue quelconque. »

» *Art. II.* La retenue sera du *douzième* sur les » traitemens et pensions au-dessus de deux mille

» francs ; du *onzième* sur ceux au-dessus de trois » mille francs ; du *dixième* sur ceux au-dessus de » quatre mille francs ; du *neuvième* sur ceux au-des- » sus de cinq mille francs ; du *huitième* sur ceux » au-dessus de six mille francs ; du *septième* sur ceux » au-dessus de sept mille francs ; du *sixième* sur ceux » au-dessus de huit mille francs ; du *cinquième* sur » ceux au-dessus de neuf mille francs, et du *quart* » sur les traitemens et pensions au-dessus de dix mille » francs. »

« Quant à vous, Messieurs, qui aimez plus la » patrie et le Roi que l'argent, votre traitement sur » le pied de 6,570 francs par an, éprouvera la mo- » dique retenue de *quarante-cinq* sols par jour. »

De bruyantes huées et des coups de sifflet m'ont réveillé, et je me suis trouvé dans mon lit à *quarante-cinq* lieues de l'assemblée. J'aurais, sans ces maudits coups de sifflet, terminé par dire aux huas de cet aréopage qu'ils n'étaient point envoyés par leurs commettans, pour tenir une manufacture législative, et qu'ils devaient se soumettre aux intentions de Sa Majesté, et déposer à ses pieds les humbles doléances des trois Ordres de l'état, insérées dans le résumé de leurs cahiers. Je n'ai jamais pu concevoir depuis, par quel motif, à cette époque du 21 juin 1789, le clergé et la noblesse, qui devaient alors désespérer du salut de la France, ne se sont pas retirés. Que de maux et de crimes cette soumission aurait pu, je pense, éviter à notre malheureuse patrie! C'est qu'on ne juge bien les évenemens qu'après leurs succès ou leurs revers.

Je ne peindrai pas les émeutes populaires, la prise d'une seule bastille, remplacée par cent autres, les funestes journées des 5 et 6 octobre, et tous les malheurs qui ont précédé, préparé et amené la révolution. Je m'attache seulement aux lois émanées de cette assemblée, que ma memoire voudra bien me rappeler.

Au lieu de s'occuper de finances, je la vois proposer une simple invitation sans succès à l'offre d'un don patriotique, et convertir cette invitation dans un emprunt forcé; et, comme Laws, inonder la France d'un déluge de papiers périssables. Je la vois aliéner les domaines inaliénables de la couronne, et les biens du clergé, supprimer les vœux religieux, et renverser le gouvernement par le renversement de la religion, dans une prétendue constitution civile de ses ministres. Je la vois abolir la noblesse, même celle acquise dans une profession qui exclud toutes les autres. et détruire ainsi les fondemens et les colonnes de la plus éclatante des monarchies. Je lis enfin *les droits de l'homme*, et j'y trouve tous les germes de la destruction générale. Ces mots de *liberté* et *égalité* me rappèlent l'ingratitude, le mensonge, le parjure, la calomnie, le meurtre, l'incendie, le régicide et la guerre civile. C'est l'histoire des tigres que les bourreaux peuvent seuls écrire avec le sang de leurs victimes.

Peuple, convenez qu'à force de vous répéter le nom de liberté, vous avez cru posséder la chose, mais que jamais vous n'avez été plus libre de jouir de votre propriété, de votre industrie et de vos enfans, que sous un Roi; convenez que vous avez été l'instrument des pouvoirs, dont on vous persuadait d'avoir la disposition; ou convenez que *libre* n'a jamais été le synonime d'*éclairé*. Vous avez cru être l'égal de votre bon Roi, et vous avez été l'esclave du cruel Robespierre, du farouche Marat, et du despote qu'une éclipse politique vient d'enlever à vos adorations; et vous êtes encore aujourd'hui le vase dans lequel ses complices tentent de verser les poisons de ses vengeances. Vous n'avez admis aucune distinction de naissance, aucune hérédité de pouvoirs, et vous avez continuellement excité de perpétuer dans son horrible puissance un obscur étranger, un inconnu, l'homme enfin de la terre, qui vaut moins que le dernier des Français, et dont un républicain de Rome n'aurait pas voulu pour son esclave. Rien n'a été plus facile que de vous séduire par des sophismes qui flattaient vos passions; que de vous aigrir contre les riches, les nobles, les prêtres, les hommes vertueux, paisibles et instruits; que d'aggraver sur vous le poids de l'inégalité des fortunes et des conditions, qui forme cependant le lien social; de vous débiter une doctrine aussi fausse qu'enivrante, et de vous faire observer avec l'œil de la jalousie celui qui était au-dessus de vous par ses lumières et son autorité, en vous cachant celui qui était au-dessous par sa misère et son ignorance. Ils ne vous ont pas dit que *l'inégalité des conditions était l'ouvrage de Dieu, et qu'une trop grande disproportion était leur ouvrage ; que toute compensation juste vient de Dieu, et que les extrémités partent d'eux.* Ils vous ont permis d'être l'égal des monarques de la terre, mais ils ont exigé que vous reconnaissiez leur supériorité sur ces monarques et sur vous. Eh! comment ne vous seriez-vous pas égaré, lorsque des militaires pleins de courage et instruits, ont cru se dévouer à la mort pour sauver leur prétendue indépendance et la vôtre, quand ils n'étaient que les agens de l'ambition d'un traître et de l'intérêt de quelques parjures ? Sachez, avec mon auteur estimable qui ne peut vous égarer, que *l'égalité parfaite*, si vos astucieux meneurs vous eussent plus laissé la chose que le nom, *vous aurait fait manquer à la longue du nécessaire et des choses utiles, qu'il n'y aurait plus d'art, plus d'invention, plus de subordination, et que les hommes seraient réduits à ne plus être secourus.* Sachez, avec Voltaire, *qu'il ne faut pas entendre par ce mot* égalité, *cette égalité absurde et chimérique, par laquelle se disent égaux le serviteur et le maître, le manœuvre et celui qui le fait travailler, le plaideur et le juge.* Contentez-vous de la liberté et de l'égalité que vous assurent la déclaration du 2 mai 1814 et la charte constitutionnelle. Vous êtes l'égal de tous les Français, *quelques soient leurs titres et leurs rangs* ; et chacun de vous, suivant son dégré d'instruction, *peut être admis aux emplois civils et militaires*. Vous avez un droit égal à la protection des lois, à celle de Sa Majesté ; mais n'ayant pas tous les mêmes talens, le même dégré d'instruction, chacun de vous ne peut être l'égal de son voisin par les emplois. Ce ne sont pas vos droits qui sont inégaux, ce sont vos conditions plus ou moins avantageuses qui sont inégales. *Soyons tous égaux, et l'univers ne sera qu'un.* D'un autre côté, l'amour désordonné de la liberté conduit à la licence, et la licence ne peut enfanter que des crimes. Si l'homme libre est également puissant, et si cet homme puissant est un enragé, il faudra fuir la société, cet enragé sera seul libre, et nous serons tous encore une fois ses victimes ou ses complices. Le regne de la liberté et de l'égalité constitutionnelles doit donc seul nous convenir, et le légitime Souverain peut seul, après vingt-cinq ans de privations, nous en faire partager les douceurs. Encore cette dernière expérience, et quelques sacrifices pécuniaires ; et dans peu nous bénirons le ciel d'être nés Français ; et nous reconnaîtrons que les bonnes lois assurent l'exercice le plus étendu de la liberté et de l'égalité.

C'est avec cette doctrine délirante de l'égalité et de la liberté révolutionnaires, que des hommes audacieux, calomniateurs outrés du gouvernement qui les protégeait, se sont emparés de toute l'influence politique, lorsque les citoyens honnêtes et timides se sont éloignés du tumulte des factions. Tout se tournait alors en encouragement pour le crime et en découragement pour la vertu. L'assemblée nationale ne croyait armer le peuple que contre le fantôme de l'aristocratie, et le peuple se préparait d'avance au massacre des prisons et au plus coupable des attentats. Cette assemblée, forte des sociétés populaires, auxquelles elle avait donné naissance, et qui la firent trembler elle-même, ne pouvant éteindre l'incendie général qu'elle avait allumé, eut la faiblesse de se retirer au milieu des flammes, ne laissant à ses successeurs que les élémens de la désorganisation publique. Tels on a vu depuis les complices du tyran le maîtriser lui-même, et le forcer d'abdiquer sa terrible usurpation, en lui reprochant d'avoir trahi la cause de la liberté et de l'égalité, et de s'être saisi d'un pouvoir qu'il devait partager avec eux, suivant les clauses de leur infâme transaction. Chaque cité, chaque village avait son club, arsenal de tous les vices, foyer destructeur de toutes les vertus, antre où se rassemblent encore, mais en secret et sous des dénominations différentes, ces êtres infernaux que l'on peint attachés à leurs victimes. C'est-là que se trouvent ces hommes flétris par l'opinion, qui redoutent les autorités, *lorsqu'elles leur sont contraires*, parce qu'elles ne peuvent être pour eux que réprimantes; ces hommes qui couverts du mépris public, s'irritent contre, tout ce qui porte l'empreinte austère de la probité, et qui, détachés des liens sociaux, ne voyent dans le désordre qu'un moyen facile d'entraîner dans leur parti tous ceux qui à une ame ardente joignent un esprit crédule et une éducation négligée. Les factieux n'ont aucune convenance : ils agissent toujours comme si les mœurs et les lois ne faisaient que de naître ; ce sont des voraces qui veulent tout conserver pour eux, et ne rien laisser aux autres. Leurs opinions sont toujours les mêmes, il n'y a que la mise en action qui éprouve aujourd'hui des difficultés. Ce sont des serpens qui communiquent le venin qu'ils on reçu, et qui ne cherchent l'écume de nos villes, que pour en couvrir leurs paisibles habitans.

L'irréligion doit à l'assemblée législative le divorce des fidèles et le mariage des prêtres. En permettant à ses derniers d'être infidèles à Dieu, on pouvait sans scrupule autoriser l'infidélité des époux. Mais croire désormais aux sermens de ceux qui ont au moins commis un crime envers l'honnêteté publique, parce qu'il est toujours malhonnête de manquer à sa promesse, c'est les exposer à de nouveaux parjures. Ils peuvent dans les circonstances emprunter les livrées du repentir pour cacher celles du crime ; mais à la première sédition, on verra leur zèle ou plutôt leur furie, et comme ils sauront se dédommager d'un moment d'inaction et de non-jouissance.

La convention, formée du limon des clubs, après s'être rendue coupable du plus grand des forfaits, pouvait les commettre tous sans remords; et c'est ce qu'elle a fait. On sait que les moyens révolutionnaires offrent une force et une étendue plus vastes que les moyens légitimes et réguliers. On vit alors le faible victime du fort, l'homme simple du fourbe, et l'homme de bien du pervers. Partout la liberté était outragée et les propriétés violées. On était dénoncé par ses débiteurs, ses connaissances, ses domestiques, ceux dont on se croyait amis, et même par ses enfans. On fuyait la France comme on fuit ces lieux, où la peste et l'incendie exercent leurs horribles ravages. On avait une patrie sous un Roi, on n'en avait plus sans lui. Les volcans de la montagne entraînaient dans leur cours dévastateur les productions inutiles de la plaine. Les bourreaux se lassaient à tuer les victimes qu'on ne se lassait pas de leur abandonner. Tout ce qui est violent, dit-on, ne peut durer longtemps; cependant il n'y aura jamais de mesure de sûreté si longue et si terrible. De-là, les mitraillades de Lyon, les noyades de Nantes, et les glacières d'Avignon. Le général des sans-culottes de Toulon, *Brutus Buonaparte*, noms et qualités qu'il se donnait, écrivait au comité de salut public que *sa troupe achevait à coups de sabre et de crosse de fusil les scélérats que le plomb n'avait que mutilés*; et c'est ainsi que l'on parvient à l'empire, et que le démon des combats succède à l'ange de la paix! En un mot, *on battait monnaie sur la place de la révolution* : propos atroce, qui doit tenir dans une continuelle surveillance les amis du trône, puisque le premier qui l'a prononcé trouve encore aujourd'hui des complices : le monstre était un des principaux acteurs de la dernière scène législative.

Bien que le retour de pareils désastres ne puisse effrayer, il est nécessaire d'en rechercher les causes pour en détruire l'impression. Il y aura toujours sur ce malheureux globe des incendies : il ne suffit pas des les arrêter dans leurs progrès, il faut les prévenir dans leur naissance. Ces causes sont consignées dans les principes destructeurs du gouvernement populaire, joint à celui de la convention, et de celui de la convention, joint à celui du comité de sûreté générale, auquel ont succédé avec des pouvoirs plus ou moins étendus, le directoire et les consuls. Le publiciste qui voudra définir cet amalgame de pouvoirs, serait embarrassé de donner une juste dénomination au gouvernement français pendant les huit dernières années du dix-huitième siecle ; car d'après les définitions généralement admises, on peut assurer que la France a fait l'expérience de tous les mauvais gouvernemens, et qu'elle s'est constamment éloignée, par un esprit de vertige et de sédition, de celui qui convenait le mieux à un grand peuple, vicieux et éclairé. Je dois encore justifier cette pensée, sans m'écarter des bornes d'une simple brochure.

La république a été décrétée, mais il n'y a jamais de république là où l'on met quelque chose d'incompatible avec la république. Ainsi lorsque la multitude absorbe l'état, il y a absence de gouvernement, et conséquemment anarchie. Ce sont, vous le savez, les clubs et les tribunes qui donnaient l'impulsion aux montagnards de la convention : or le gouvernement de la masse n'est point un gouvernement républicain, c'est celui d'un peuple révolté, qui méprise également les lois, les législateurs et la raison. On le connaît à la violence de ses mouvemens et à l'incertitude de ses délibérations. Voulez-vous que ce peuple en révolte ait remis ses pouvoirs à la convention ? alors l'anarchie aura dégénéré en oligarchie, puisque la minorité de la nation s'est emparée du pouvoir, en rapportant tout à son intérêt et à ses passions ; Or ce gouvernement de la minorité ne possède encore aucun des élémens qui constituent une république ; c'est le gouvernement le plus vicieux que l'on puisse donner à une population étendue, puisque tout pouvoir exercé par un petit nombre est et sera toujours arbitraire et injuste : ce ne sera jamais dans les désirs versatiles de la minorité que résidera la volonté générale. Eh ! n'a-t-on pas vu la montagne disposer de la France, et chacun de ses membres s'en disputer les tristes lambeaux ? Les abus augmentaient au lieu de diminuer, et ces abus étaient de l'espèce la plus pernicieuse, d'après le faible tableau que je viens d'en tracer. Voulez-vous enfin donner le nom de république à ce monstrueux gouvernement ? Vous en connaissez les résultats affreux ; je vais vous prouver qu'il était impossible de trouver le repos et le bonheur sous un pareil gouvernement, et que le pouvoir tyrannique du moderne *Brutus*, tout dangereux qu'il fût pour votre tranquillité, votre fortune, votre propriété et votre famille, lui était préférable. Quelle horrible chance, grand Dieu ! pour un troupeau de timides moutons, que celle d'avoir un loup pour conducteur !

Nul grand peuple n'est gouverné par lui-même, ou son gouvernement ne peut durer long-temps, parce que les hommes sont très rarement dignes de se conduire ; et ce n'est que dans les temps héroïques et fabuleux qu'ils peuvent exercer ce droit de souveraineté sur eux-mêmes ; ce n'est que dans l'enfance des nations qu'elles peuvent conserver entre elles l'égalité primitive. Les peuplades les plus sauvages ont un chef, chaque maison, chaque famille a le sien : autrement la société qui n'a que des bras, ne serait qu'un corps informe sans tête, ou bien un seul corps difforme à plusieurs têtes pensantes ou non pensantes. *Une république*, dit Voltaire, *ne peut convenir qu'à une île, située entre deux montagnes ; ce sont alors des lapins qui se dérobent au chasseur.* Le gouvernement républicain est, de tous les gouvernemens, le plus exposé à la séduction ; au-lieu d'un tyran, il est en mille qui s'enrichissent à force de vexations et d'extorsions qu'ils appliquent à leur profit. Je ne parle point de Venise; son gouvernement était aristocratique, et cette définition seule lui serait défavorable auprès de vous; mais à Gênes, la trop grande inégalité des fortunes, des prérogatives et des honneurs troublait l'ordre, et l'intérêt particulier absorbait l'intérêt général, et bornait un commerce qui sentait trop la juiverie. Le gouvernement républicain est encore de tous les gouvernemens le plus exposé à la sédition; vos journées des 3 prairial 1794, 13 vendemiaire et 26 fructidor 1795, 18 fructidor 1797, et autres, en sont les funestes exemples; et les révolutions périodiques de la très-petite république de Genève attestent ce que j'avance. Le génie de la Hollande, dont le commerce demande protection et liberté, ne pouvant s'élever à la hauteur de nos conceptions philosophiques, a offert une seconde fois ses bras à un chef; et les villes onséatiques elles-mêmes se sont mises sous le canon des puissances qui les protégent. La tyrannie d'un seul, je ne crains pas de le repéter, serait donc préférable à celle de la multitude. Un desposte a toujours de bons momens, dit Voltaire; mais une assemblée de despotes n'en a jamais. Il y a mille moyens d'appaiser un tyran, il n'y en a pas pour adoucir la férocité d'un corps entraîné par ses passions. *Chaque membre*, dit la Bruyère, *énivré de cette force commune, la reçoit et la redouble dans les autres membres, et se porte à l'inhumanité sans crainte, parce que per-*

sonne ne répond pour le corps entier. Je peux désarmer le tyran par ses amis; mais une compagnie est inaccessible à ce genre de séduction, et ne se laisse fléchir ni par les vertus, ni par les affections du cœur. S'il n'y a qu'un tyran, comme Buonaparte, je peux éviter qu'il me voye; mon existence d'homme du peuple et d'infortuné lui est inconnue; mais je ne peux éviter les regards d'un scélérat, s'il y en a cent qui m'observent, et un seul qui me distingue dans la foule.

Vous me dites que dans la Suisse hospitalière, on voit des montagnes cultivées jusqu'au sommet, et que la seule liberté peut avoir inspiré ce travail. Il s'agissait donc de fédéraliser la France; et vous avez poursuivi vos fédéralistes jusques sur l'échaffaud, lorsqu'il ne fallait que les instruire et les diriger dans leur absurde projet, si réellement ce projet a existé; et la Suisse démocratique se plaint souvent de l'aristocratie de quelques cantons; et ce peuple agricole, pauvre et guerrier, tient à la monarchie qu'il sert, et à l'aristocratie ou à la démocratie qui le protège; et ce peuple en un mot reconnaît la noblesse et l'église que vous avez rejettées. Pouvez-vous de bonne-foi me donner pour un gouvernement semblable au squelette que vous m'avez offert, une réunion de cantons qui ont entre eux des lois différentes, des religions différentes et des magistrats différens : réunion qui n'a lieu véritablement que dans le cas de guerre ou d'oscillations politiques ?

Au lieu de treize cantons que possède la Suisse, la France en aurait compté autant que de comités révolutionnaires, avec cette différence qu'ils auraient tous été sans lois et sans religion. Leur maxime favorite n'est-elle pas de publier que lorsque la patrie est en danger, les lois doivent être sans vigueur?

Ne me parlez pas également du gouvernement de Rome antique, ni du gouvernement moderne des États-unis d'Amérique, sous la puissance duquel les vétérans de la révolution française vont se réfugier, et qu'ils tenteront de soulever, s'ils ne sont fortement surveillés. L'Amérique, composée de plusieurs grandes provinces fédérées, a son président qui coopère aux lois, les présente à la discussion, et les fait exécuter; et votre directoire ne s'occupait que des détails d'exécution. L'Amérique a son sénat, son congrès, convoqué et réuni dans les circonstances qui l'exigent, pour discuter les lois conservatrices, et approuver ou désapprouver les traités de guerre et d'amitié; et votre convention toujours permanente décrétait sans cesse de nouvelles lois de destruction, et ne réussissait que dans les mesures acerbes, sur lesquelles chacun de ses membres rivalisait avec son complice du plus ou du moins de férocité. C'était une usurpation continuelle sur le pouvoir du directoire, un cahos, un abîme, auquel, je le dis pour la dernière fois, le plus profond de nos publicistes ne pourrait encore aujourd'hui assigner un nom connu dans sa langue; car ce ne sont pas les noms imaginaires que l'on se plaît à donner aux actes, qui en constituent l'essence, mais ce sont les conditions et les clauses qu'ils renferment, qui leur donnent la définition exacte du terme qui leur convient. On pourrait donc à la rigueur assurer que le gouvernement Américain tient plus de la monarchie tempérée que du républicanisme ; et que si la présidence des Etats-unis eût été déclarée héréditaire dans la famille de Washington, ce gouvernement pourrait se placer en ligne après ceux de la France actuelle, de l'Angleterre et de la Suède.

Rome, qui avait pris de Licurgue le meilleur des gouvernemens, composé de monarchie, d'aristocratie et de démocratie, n'a pas eu le sécret de conserver le premier de ses pouvoirs, et la prudence de diriger les deux autres. Le peuple romain, au-lieu de transférer son droit législatif à des députés qui l'auraient représenté, l'exerça lui-même dans ses comices : la démocratie de Rome voulut trancher de la monarchie, et finit par tomber sous un tyran ; le *veto* de ses tribuns et le *liberum veto* de la Pologne ont précipité la ruine de ces deux républiques. Ainsi, les républiques qui depuis ont pris Rome pour modèle, ont fait les mêmes fautes, sans montrer la même grandeur, et ont disparu comme elle sous la tyrannie d'un seul, avec quelques crimes de plus. Un audacieux parle au milieu d'une foule ignorante ou passionnée, avec les mouvemens d'une déclamation impétueuse et le geste d'un habile comédien, sur le droit que les générations présentes ont de changer les conventions faites par les générations passées, on le prend pour un grand homme; et d'accord avec les factieux de sa nation, ce prétendu grand homme s'en établit le chef. Son visage de passions empruntées, qui n'est qu'un masque ridicule, est son titre à l'élévation. Ainsi le peuple romain, devenu l'esclave des Empereurs les plus odieux, a donné à la France la juste définition de son gouvernement énigmatique, et Tibère a précédé Buonaparte.

Peuple, puisque les erreurs de votre modèle n'ont pu vous guérir, souffrez que sa chûte fasse au moins sur vous cet effet. Il était juste que sous la tyrannie de l'ambitieux de votre choix, vous ayez vu s'engloutir plusieurs de vos générations : terrible punition de vos crimes, puisque l'on est aussi coupable des forfaits auxquels on peut s'opposer, que les auteurs de ces forfaits. Je vous ai démontré l'impossibilité d'établir dans la France vicieuse et corrompue le gouvernement républicain, dont vous avez fait pendant huit ans la plus déplorable expérience, qu'il me soit encore permis de déchirer le voile qui couvre à vos yeux obscurcis l'idole devant laquelle pendant quatorze ans, vous avez humblement fléchi le genou. En vous comparant aux Romains, chez lesquels vous aviez pris vos noms latins, et jusqu'au bonnet de l'infamie; que vous aviez surpassés en extravagances, sans pouvoir atteindre leur génie, je n'aurais rempli que la moitié de la tâche que je me suis imposée, si je passais sous silence les malheurs que vous avez éprouvés, et ceux dont vous étiez ménacés sous le Sylla de la France. Le peuple sera-t-il donc toujours le singe de l'insensé qu'il veut imiter jusques dans ses dangers, parce que cet insensé a quelques siècles de plus.

Je ne vous tracerai point ce qui vous a été dit mille fois avant moi, et mieux que je l'écrirais, sur cet homme extraordinaire, et ce que d'autres plus instruits vous diront après moi : ce serait marcher par des chemins qui me sont inconnus, et je ne me sens pas la force d'écrire l'histoire des erreurs, des crimes et des longues infortunes de ma patrie : ma simplicité se refuse aux détails affligeans, et mon ignorance à de grands ouvrages : je ne puis que répéter en peu de mots, ce qu'au défaut de livres, mon ingrate memoire voudra bien me rappeler pour notre utilité commune.

Né de parens obscurs, dans une île que Louis XI a refusé d'admettre au nombre des possessions françaises, élevé par la bienfaisance de Louis XVI à l'école de Brienne, teint du sang des Toulonnais, les seconds exploits de Buonaparte se trouvent à Paris sur les marches ensanglantées de l'église de St-Roch. Cet homme cruel a donc conquis l'amour que vous lui avez mille fois prodigué, par la haine la plus implacable envers les Français, qu'il avouait l... même n'avoir jamais aimés : il s'est donc n...

-ai-
-urri du

sang de ses adorateurs, avant et après les avoir connus. Depuis long-temps l'Italie, soulevée par les prédications d'une démagogie délirante, attendait nos légions pour leur livrer des portes que le fanatisme philosophique tenait ouvertes. En cette occasion, vous avez attribué aux talens du général les succès de sa fortune et de sa réputation irréligieuse dans Milan. Le Directoire, jaloux de sa gloire et peut-être de l'amour des troupes que ce chef avait enrichies de ses dilapidations, l'envoie ou plutôt l'exile avec soixante mille hommes en Egypte, où sous les murs de St.-Jean d'Acre il croit humilier le commerce de Londres, et n'éprouve qu'une défaite honteuse. Empoisonner ses soldats malades ou mutilés, abandonner les autres sans secours, sans remèdes, sans hôpitaux, sous un climat inhospitalier, et trahir son collègue Kleber, qui ne put éviter les poignards de ses assassins, fut l'annonce des désertions multipliées, dont Buonaparte a depuis donné un exemple déshonorant, et capable de ternir la gloire la mieux établie. De retour dans Paris, il demande avec insolence le prix de son courage : on flottait alors entre la tyrannie et l'anarchie : son audace lui tint lieu de triomphe auprès des esprits crédules ou pervers, et une transaction impie fit du fils du prophete de la Mecque, le premier consul de la France. Il pacifia, dit-on, la Vendée, que l'humanité seule du meilleur des Rois sut désarmer, après la malheureuse journée de Quiberon, où il devait se mettre à la tête des braves défenseurs du trône et de l'autel, comme depuis en mars dernier son unique bonté a paralisé les armes de ses fidèles serviteurs. En cédant d'ailleurs à Buonaparte une partie des honneurs de la pacification de la Vendée, le supplice de M. Louis de Frotté, un des chefs Vendéens, a prouvé que l'on ne pourrait désormais se fier à celui chez lequel la fausseté passe pour esprit et la bonne foi pour stupidité. On connaît sa trahison envers Toussaint Louverture, qu'il fit mourir dans un cachot; sa basse jalousie envers les généraux Pichegru et Moreau, en faisant exiler le dernier et étrangler le premier, qu'il eut encore la détestable hypocrisie de calomnier par l'accusation du crime de suicide.

Quatre millions de français, a-t-il dit, *l'ont nommé empereur*; et nous savons tous que nul homme honnête ne voulut prendre part aux délibérations des assemblées convoquées pour cette inconcevable nomination; parce qu'il prévoyait ce qui s'y passerait, et que la volonté générale ne pourrait y paraître sans danger. Nous savons que si Constantain dut l'empire Romain aux quatre à cinq mille soldats qu'il commandait en Angleterre, Buonaparte a dû l'empire Français aux quatre à cinq mille factieux qui désolaient la France; et que par une seconde transaction avec les meneurs, auxquels il assura une partie de nos dépouilles, il réussit en centuplant les listes. Voilà l'origine de son droit, voilà le titre de sa souveraineté. Le sénat ne s'est jamais occupé que de son intérêt particulier, joint à celui du prince de son choix. En tout cas, en supposant que la majorité des Français eût eu la lâcheté de lui livrer un trône dont elle ne pouvait disposer; l'Espagne, la Hollande, l'Italie et l'Allemagne n'avaient rien donné, rien promis à ses frères, satisfaits jusqu'à cette époque de l'humble étude d'un huissier ou d'un procureur de Province. C'est donc pour eux seuls, et satisfaire, sous le masque de ces Rois de théâtre, son ambition sans bornes, que Buonaparte a sacrifié tant d'honorables victimes de ses triomphes et de ses fureurs, qu'il a versé tant de torrens de sang et désolé l'Europe entière, vaste champ de meurtres et de carnages pendant douze ans. Certes, si les passions des hommes font leurs malheurs, celles des princes sont funestes au genre humain. Nul moyen ne lui coûtait pour contenter les siennes : il prodiguait les dons, les promesses, les sermens, la vérité et le mensonge. L'occasion fit sa force; et la cupidité de ceux qui l'ont servi, et la faiblesse ou la mésintelligence des autres ont tout achevé. Il pouvait tout avec des hommes avares et des ennemis dispersés, imprévoyans et intéressés. Le sublime de sa politique était le partage du lion, dont il n'avait que l'audace. Homme sans pudeur, sans loi, sans honneur, sans probité, fourbe, ingrat, parjure, prodigue du sang et de l'argent des Français, emporté dans le crime, sans délicatesse pour ses maîtresses et sans urbanité pour ses amis, ne cherchant dans ses actions que l'éclat et le bruit qu'elles feraient dans Paris, n'ensanglantant la terre que pour en être le maître, il voulait commander à l'Europe entière qu'il dévastait; et l'Europe étonnée, incertaine, indécise dans ses projets, lui était soumise. Joseph était en Espagne, Louis en Hollande, Jérôme en Westphalie, ses sœurs en Italie, la Suisse lui obéissait, la Suède recevait de ses mains un successeur au trône des Gustave, et les cercles de l'Allemagne, séparés du chef naturel qui doit les protéger, courbaient un front humilié des vains honneurs qu'il avait bien voulu accorder à leurs Electeurs. *Ce sont les canons*, leur disait-il, *qui font les Rois*. La fille des Césars, cette compagne respectable du plus farouche des souverains, n'a jamais pu adoucir la férocité de son caractère. Il ne lui fallait ni science, ni art, pour exercer sa tyrannie; son talent se bornait à répandre du sang; il ne s'agissait avec lui que de tuer ceux dont la vie pouvait être un obstacle à son ambition: un Corse fait tout cela sans peine. Voltaire rapporte qu'un prêtre de cette nation *arquebuse* son ennemi derrière un buisson, et court lui offrir les secours spirituels s'il respire encore. Enfin vous me l'annoncez comme un grand homme, et vous êtes forcé de convenir que ce prodige était vain dans ses triomphes, rampant dans ses revers, sans énergie comme sans ressources; vous êtes forcé de convenir que si ses victoires l'ont élevé, ses retraites l'ont abaissé. Pierre de Castille, aidé du prince Noir, était aussi un grand homme; mais abandonné de ce prince, assassiné par Transtamarre, Pierre de

Castille est condamné à porter le nom de Pierre le Cruel.

Quel nom donnerez-vous à cette fausse divinité, que ses esclaves n'appelaient que *notre auguste Empereur, notre invincible Monarque*, qu'ils étouffaient sous une montagne de fleurs, dont ils en recevaient bassement le prix? Il était né, dites-vous, pour la guerre, il visait à l'immortalité. Eh! les noms de Phalaris, Cartouche, Mandrin, Marat et Robespierre ne sont-ils pas immortels? Les historiens seront aussi en peine de créer un surnom à Buonaparte, que de le comparer à un autre de son espèce. Il n'a de Denis de Syracuse et de Cromwel que l'obscurité de la naissance. On ne peut, sans trahir la vérité de l'histoire, le comparer à Charles XII, qui, d'après M. de Voltaire, vivait aussi durement qu'un soldat, et exposait sa vie comme lui; qui était d'une sobriété sans exemple, d'un naturel généreux, se levant matin, couchant sur la dure, et ne se plaignant jamais, même à Pultawa et à Bender. *J'ai dormi une heure, je suis frais, je vais monter la garde pour vous*, disait ce prince au baron de Reichel, en jetant sur lui son manteau. Il fallait à Buonaparte les douceurs de la vie d'un sybarite, au milieu des horreurs de la guerre. Un de ses flatteurs a eu l'indiscrétion de dire, en sa présence que *Sa Majesté n'avait point éprouvé dans sa voiture échauffée les rigueurs de Moscou*, et cette Majesté ridicule a eu l'indécence d'en convenir et de s'en réjouir auprès d'un bon feu. Lactance rapporte que Dioclétien, né dans la plus basse extraction, était un poltron : je ne ferai point cette injure à Buonaparte ; c'est à ses généraux, à ses soldats, de nous raconter ses actions d'éclat ; mais je dirai que ses cinq à six désertions dans le danger, annoncent qu'il manquait alors de courage ; et c'est cependant dans ces occasions importantes, comme dans l'adversité, que l'on connaît les grands hommes, les héros. Il ne voyait dans la guerre que le moyen d'affermir sa domination, d'avoir l'armée à son commandement, d'exercer un pouvoir absolu, de s'emparer de toutes les fortunes, de courber toutes les têtes sous le joug de la terreur, et de tremper ses mains dans le sang. Son armée était nécessaire pour le faire craindre au dehors, empêcher les communications intérieures, *isoler*, dit mon auteur, *la nation pour mieux la tromper*, et par-là fonder son empire. Tout avait pour nous, d'après ses rapports mensongers, de l'éclat dans l'étranger; tout était chez nous languissant. Comme Alexandre, il pouvait bâtir des villes; mais l'assassin de M. le duc d'Enhgien, n'aurait jamais su ni pleurer Darius ni respecter sa famille; mais le buveur de sang des héros n'a jamais su ni rétablir Louis XVIII, ni punir les meurtriers de Louis XVI. De quel prix peut être la vie, quand on a égorgé un Bourbon, un Condé? Un témoin assure qu'il était présent au supplice du duc d'Enghien. *Nero tamen substraxit oculos, jussitque scelera, non spectavit.* Vous me parlez de son goût pour les arts, et des établissemens dont on lui est redevable ; et vous oubliez les Invalides, l'Ecole militaire, le Louvre, le Panthéon, Versailles, Saint-Cyr et les autres monumens de la magnificence de nos Rois. Le même Néron avait, dit-on, de l'esprit et des talens : il avait décoré Rome avant de l'incendier. *Nemo unquam imperium, flagitio acquisitum, bonis artibus exercuit.* Vous nommez avec complaisance cette légion, à laquelle il n'a manqué qu'une meilleure cause à défendre pour être la première de l'Europe ; et vous passez sous silence l'ordre respectable de Saint-Louis, auquel la France doit ses Turenne, ses Catinat, ses Chevert, ses Richelieu et ses milliers de chevaliers, qui se sont signalés sous nos Rois. Elle n'avait pas besoin du sauvage des rochers stériles de l'île de Corse pour enfanter des héros ! Malgré ses cruautés, le nom de grand fut prodigué à Hérode par la populace de Jérusalem, *plus frappée*, dit Flavien Joseph, *de la beauté de ses palais, qu'indignée de sa férocité.* La voix publique n'a jamais été, je vous l'assure, celle de la canaille, qui est toujours le cri de l'absurdité et de la brutalité ; et les acclamations sur le passage d'un tyran sont toujours suspectes. A quoi servirait la vertu, si l'on voyait tant de méchans honorés ! Le Français du dix-neuvième siecle serait-il le Juif du premier ?

Dernièrement des généraux ont, dans des proclamations incendiaires, donné à leur maître le titre de restaurateur de la religion catholique, tout en livrant les ministres de cette religion aux couteaux de leurs meurtriers. Est-ce en Égypte, où il a dit et répété jusqu'à satiété que *Dieu était Dieu et Mahomet son prophete*, qu'il a rétabli la religion de l'état, de la presqu'universalité de la France? Est-ce à Milan, où il a joué dans une mascarade aussi impie que ridicule, les dogmes sacrés de la religion catholique, qu'il a respecté cette religion? Est-ce dans son divorce avec la veuve du général Beauharnais, et dans le titre six du premier livre du code civil, qu'il a honoré la religion de ses ancêtres? Est-ce enfin dans les outrages dont il a couvert le chef respectable de cette religion, ce pontife *qui mériterait être celui de toutes les religions chrétiennes*, s'il n'était pas celui de la véritable, qu'il s'est montré chrétien? Est-ce en un mot en le frappant, sans égard pour son âge et pour ses dignités, qu'il a été homme? Peuple, je crois remplir un des devoirs de cette religion sublime, en accusant son fils en révolte contre elle, et en vous invitant de lui pardonner dans ses jours d'affliction. On doit garder le souvenir des mauvais princes, comme on se souvient des inondations, des incendies, des pestes, pour s'en garantir. Eh! que vous reste-t-il de votre idole, si ce n'est la misère et l'endurcissement; les finances épuisées, des ennemis qui ont d'anciennes vengeances à exercer, la discipline militaire négligée, nos ports sans vaisseaux, nos propriétés détruites, nos maisons assiégées et spoliées, et notre commerce anéanti. Vous voulez être encore Buonapartistes par opiniâtretés par orgueil, pour ne pas convenir de vos égaremens ; et vous ne pensez pas qu'une troisième fois vos femmes et vos enfans serviraient à peupler les rives de la mer glaciale ou les forêts de la Sibérie. L'écrivain qui loue un tyran est un lâche, et celui qui flétrit la mémoire d'un bon Roi est un monstre. Jugez dans le secret de votre conscience, lequel du proclamateur en épaulettes, ou de votre ami, de votre frère, est un lâche ou un monstre, et si l'un de nous deux n'est pas l'un et l'autre. Les Romains n'ont point été assez déhontés pour louer Sylla, et Céthegus était le complice et non l'ami de Catilina.

Je ne parlerai point des campagnes de Buonaparte, ni des victoires multipliées que ses troupes ont remportées. Il est plus aisé de gagner des batailles que de gouverner ; et l'amant de la paix ne peut retracer sans frémir les horreurs de la guerre, ce qu'elle offre de perfidie, et ce que le brigandage a de plus horrible dans le pillage, l'homicide, l'incendie et la destruction. Je demande seulement quel est le résultat des triomphes de nos enfans à Wagram, à Marengo, à Austerlitz, à Jena, en Italie? et la mort me répond que l'homme est un point entre deux éternités, et le tyran sourit en me disant que *tuer est le moyen de n'avoir pas tant de monde à nourrir.* Je tairai pareillement cette guerre d'Espagne aussi injuste que désastreuse, cette conduite atroce envers une famille, dont le chef peut-être n'avait d'autre reproche à se faire qu'au excès de faiblesse et de crédulité. Il serait pénible pour un français d'ouvrir la tombe de ses compatriotes, malheureux de n'avoir pas vu dans le soldat Espagnol ce que peuvent la fidélité pour un bon maître, et l'attachement au sol où l'on est né. Les Maures avaient aussi occuppé la Péninsule; et leur expulsion devait être pour leurs imitateurs une instruction salutaire. Mais l'orgueil d'un despote indifférent au crime comme à la vertu, se servant également des horreurs de l'un et des apparences de l'autre, lui dérobait une lumière que sa retraite honteuse et la chûte humiliante de son frère n'ont jamais pu lui rendre. La trahison lui livra la famille du trop facile Charles IV, et la nécessité le forçà de la rendre à l'amour des Espagnols. Je dois donc me contenter de rappeller en peu de mots ce que les derniers événemens politiques peuvent me fournir d'intéressant à offrir à ceux qui avec moins de moyens, voudraient parcourir la même carrière d'ambition.

Les puissances ennemies, tant de fois vaincues, virent enfin que dispersées, elles ne pouvaient plus se défendre qu'en prenant, suivant un de leurs orateurs, sur leurs capitaux, qu'en levant sur leurs peuples des contributions accablantes, qu'en prodiguant vainement le sang de leurs soldats, et qu'en réparant leurs pertes par des recrutemens laborieux et souvent impossibles : ces puissances, dis-je, songèrent sérieusement à se confédérer. De son côté, Buonaparte, qui avait conçu le projet insensé de faire une descente en Angleterre, et qui dans l'impuissance d'effectuer cette descente, avait impérieusement ordonné à toutes les couronnes le *Blocus continental*, voyant que la Russie préférait encore le sucre et le caffé à l'avoine et à la béterave, prit le parti extravagant d'aller attaquer la bourse de Londres dans la forteresse de Moskow. Ce que le courage de Charles XII avait inutilement tenté, à une époque où la Russie était dans les mains de son créateur, et ce que le grand Fréderic en 1748, après la bataille de *Custrin*, regardait comme trop hasardeux, une diplomatie sanguinaire l'avait entrepris à la même époque où se formait la confédération du nord, en attaquant un souverain puissant de ses propres forces, de la nature de son climat, de ses lumières, de la justice de sa cause, et de l'amour de ses peuples. On avait représenté la Russie sous l'image d'un grand ours blanc, dont les griffes de derrière portent sur les bords de la mer glaciale, dans laquelle sa queue flotte, qui a sa gueule au midi vers la Perse et la Turquie, et qui avec ses pattes de devant s'etend au loin vers l'Orient et l'Occident; et Fréderic Guillaume, électeur de Brandebourg, avait dit *qu'il ne fallait ni délier cet ours, ni l'irriter, ni le faire dresser sur ses pattes.* L'homme des Thuileries eut cependant cette témérité, *en se faisant*, il est vrai, *précéder des apôtres de tous les crimes, pour pré-*

cher la révolte, le meurtre, l'anarchie, l'incendie et la guerre civile, et accusant, suivant son plan habituel de perfidie, ses ennemis de ses propres forfaits. En effet, on le voit en avril 1813, confier la régence à son auguste épouse, et son fils à l'amour des Français, avec le ton étudié, le geste théâtral, et la déclamation tragique de Talma : tel on l'avait vu, lors de son sacre, ceindre le front d'un assassin du bandeau de nos Rois ; et non tel qu'on l'a vu revenir quelques mois après, dans une situation que son génie n'avait pas prévue. Il avait bien encore le regard sombre d'un tyran ; mais triste et silentieux, il méditait quelque nouvelle trahison, et sa bouche ne prononçait que des ordres absurdes et contradictoires.

Cette quatrième retraite annonçait que cette célèbre journée du 2 mai, *dans laquelle*, suivant sa proclamation du 6, *les troupes Françaises avaient défait les armées Russe et Prussienne commandées par l'empereur Alexandre et le roi de Prusse*, n'était que l'annonce de la déroute de nos braves ; que cette bataille de Lurtzen, *mise au-dessus de celle de Friedland et de la Moskowa*, n'était que la certitude de nos revers ; et que les Moscovites, en incendiant leur sainte cité, n'avaient laissé qu'un monument affreux de nos victoires et de nos pertes. Deux cent mille Français ont péri dans ces déserts de glace ; et soixante mille autres dans les journées de Leipsic ont facilité par leur mort la fuite de leur chef. Ce chef enfin, qui heureusement pour l'honneur n'est point né en France, fut obligé de convenir lui-même que la patrie était ménacée d'une invasion, en invitant les deux premiers corps de l'état d'aviser aux moyens de s'opposer aux progrès de cette invasion. C'est alors que l'on vit dans tout son jour la vertu aux prises avec le crime. Le sénat ne voulut point séparer d'un pays opprimé son indigne oppresseur, et d'un sol dévasté le coupable qui avait appelé cette dévastation : les députés se bornèrent à solliciter la paix offerte à Francfort, avec toute l'intégralité de l'ancienne Monarchie. Il fallait être un homme de bien pour s'exposer avec autant de courage à la vengeance d'un être irascible autant qu'inhumain, et se dévouer à la mort, dont fut en effet ménacé le noble conspirateur M. Lainé. *La France a plus besoin de moi, que moi de la France*, dit le tyran lors de la fermeture de la salle du corps législatif, *et plusieurs des députés présens sont des girondins bons à la guillotine.* On crut entendre le père Duchesne, et voir Marat sortir du caveau des Cordeliers. L'ordre de payer le double des contributions, de recruter trois cent mille hommes, et l'envoi dans nos provinces de plusieurs proconsuls, afin d'opérer ce recrutement avec des pouvoirs illimités, furent les mesures adoptées à la connaissance du peuple; mais ce qu'il a longtemps ignoré, c'est l'infamie de certains préfets, qui, assassins de leurs administrés, pour couvrir en même temps la nullité de leurs talens, et faire bassement leur cour à leur cruel despote, ont augmenté le contingent de leur département d'un quart au-dessus de la demande. *Il est essentiel de défendre la nation, on peut donc* disaient-ils, *l'opprimer momentanément*, et les sujets sont trop heureux de mourir pour leur souverain. *Quel souverain*, dit Voltaire, *que celui qui croit que tous les hommes sont nés pour le suivre à la guerre, et que le soldat est un chien de basse cour que l'on lâche contre un sanglier, et qu'on laisse ensuite mourir sans secours*: Telle a toujours été la conduite de Buonaparte en Egypte, en Espagne, à Mosckow, à Dresde, à Leipsic et dernièrement à Waterlôo. Nos malheureux enfans n'ont pas même eu de sépulture !

Malgré ces terribles préparatifs, Dieu qui a la feuille des événemens, permit aux troupes confédérées l'entrée de la France, et l'aggresseur de tant de Rois fut enfin obligé de se défendre. D'un côté Genève ouvre ses portes ; et de l'autre les défilés des Vosges sont forcés. Bourg-en-Bresse, pour avoir voulu s'opposer au passage du Nestor de la Prusse, est mis au pillage pendant deux heures ; Chaumont, pour avoir tiré sur un parlementaire, est mis à contribution, et depuis les rives de l'Oxa jusqu'à celles de la Seine, les routes sont couvertes de militaires. Sens est bombardé, et livré dans son état d'anarchie à la discrétion du soldat, ainsi que Soissons, cité malheureuse, qui a vu ses chefs traduits à une commission militaire, et qui vient d'éprouver le plus cruel des événemens. Nogent est incendié, et tous les bourgs et villages, où les trop soumis habitans, armés de fusils de chasse, de pistolets, de fourches et de bâtons, veulent opposer une inutile résistence, éprouvent le même sort. On connut dans ces cruelles circonstances cette vérité de tous les siècles, savoir que le caractère d'un tyran est incapable de remords, de prévoyance et de repentir. *J'ai*, disait Buonaparte, *rassemblé mes ennemis pour mieux les vaincre; j'ai trouvé le vrai secret de les détruire*, en montrant du doigt sur la carte les positions qu'il devait prendre; et la France, *cette terre sacrée que l'ennemi a violée, sera pour lui une terre de feu qui le devorera.* Que l'on compare cette jactance avec la réponse modeste et pieuse du Maire de Troyes au barbare qui ordonnait l'incendie des faubourgs de cette ville : *vous en êtes le maître, mais Dieu nous jugera*; à moins d'être l'ennémi et l'assassin du peuple, on doit autant admirer la sagesse du dernier qu'exécrer l'ordre du premier qui, après avoir promis de respecter ces faubourgs, les a fait inhumainement bombarder. L'inégalité des fortunes et des conditions ne laisse à l'indigence d'autre asyle que dans les faubourgs et dans les hameaux. Du reste, bénissons la providence, puisque c'est dans cette ville de Troyes, dans Bordeaux et dans Vesoul, que l'on entendit prononcer publiquement et pour la première fois le nom cher de LOUIS.

Nous désirions depuis longtemps cette confédération de rois, cette association sacrée, et cette réunion de forces redoutables, non pour dévaster la France par des contributions excessives, pour enlever ses monumens, détruire ses propriétés, insulter et frapper ses malheureux habitans, appauvrir et maltraiter des sujets fideles, et remplir par la vente de nos dépouilles leurs caisses militaires, *ne voyant rien de comparable à cette situation* ; « mais pour soutenir la cause de » la justice, de l'humanité et celle des rois ; pour » réprimer les effets et prévenir les suites d'une » doctrine perturbatrice de la tranquillité générale : » pour donner des secours à un monarque opprimé ; » venger la majesté des rois, apprendre aux peuples » qu'ils ne peuvent impunément traîner leur sou» verain à l'opprobre, protéger une noblesse persé» cutée, rétablir l'ordre ; édifier par des actes » de justice un royaume portant les germes em» poisonnés de l'insubordination et du parjure, *être* » enfin, suivant l'orateur ci-dessus cité, *plutôt les* » *auxiliaires des Français fideles, que les ennemis* » *de la France entière.* » Voilà quels étaient nos vœux, et Dieu permit qu'ils fussent cette fois exaucés.

A Troyes, MM. de Widranges et de Gouault, décorés de leur croix de St.-Louis, allèrent se présenter aux Souverains armés, et eurent le bonheur de leur persuader cette vérité trop longtemps méconnue, que » leurs ennemis étaient les nôtres; qu'en même temps » qu'ils brisent le sceptre de Louis XVIII, ils cons- » pirent contre celui des autres souverains; que leur » doctrine veut renverser tous les trônes et troubler » tous les empires; qu'ils mettent la révolte en prin- » cipe, et que chaque outrage fait au légitime » souverain rejaillit sur leurs couronnes. » C'est d'a- près cette logique pressante que *Monsieur*, frère de Sa Majesté, fut appellé, et se rendit à Vesoul, où le compliment d'une femme du peuple fut recueilli par ce bon prince, et sera transmis par l'histoire à la postérité : *je vous donne mon cœur, car le monstre ne nous a laissé que cela.* Peuple, je vous demande pardon de cette expression, que mon cœur partage, mais que ma plume ne se serait jamais permis de tracer, si parmi vous je n'eusse été prévenu.

Les chefs des armées royalistes et catholiques de la Vendée, qui s'étaient sonstraits aux recherches du tyran, parcouraient à la même époque les départemens du midi de la France; et les conseils du centre, dans l'un desquels j'avais l'honneur d'être admis, tentaient d'inoculer à tous les Français l'amour qu'ils avaient conservé pour leur *désiré* souverain. L'élan devint général, et le plusque courageux M. Lynchs, maire de Bordeaux, fier de réunir à Louis XVIII les hommages de tous les hommes vertueux de la Gironde, eut le bonheur de les offrir à M. le duc d'Angoulême, à l'époque où les journaux officiels annonçaient encore des avantages sur les armées confédérées. Ce respectable magistrat est aujourd'hui membre de la chambre des Pairs ; de même que son digne compatriote préside celle des Députés. N'est-ce pas encore une fois recompenser tous les fidèles Royalistes, dans ceux qui leur sont chers ? Son Altesse Royale parut sur nos rives, tel que dans un jour d'orage, on voit l'heureux arc-en-ciel en annoncer la fin. *Celui-là*, dit un homme du peuple, *est de notre sang*, sentiment gravé dans le cœur de tous les bons Français. Lord Wellington, dont on ne peut trop publier les talens, la valeur et la générosité, obtint, après le neveu de Sa Majesté, les seconds regards du peuple. Son armée triomphante en Espagne, passa l'Adour; et Navarreins, St.-Jean pied de port, Bayonne, Orthèz et Tonlouse, reconnurent, comme Bordeaux, leur légitime et bien-aimé souverain, au retour duquel tous les cœurs volaient tous à la fois. C'est après combat donné dans cette dernière ville, que M. le duc d'Angoulême s'écria, les larmes aux yeux : *le sang Français ne coulera donc plus* ! Heureux les royaumes dont les princes savent pleurer. M. le duc de Berry attendait à Jersey l'issue d'un drame, qui devait être à son dernier acte, pendant que Buonaparte refusait de répondre aux conventions de Châtillon. Mais son heure était sonnée ; il n'avait ni le cheveu d'or de Ptérelas, ni celui de pourpre de *Nisus* : le Dieu des combats s'était rétiré de lui ; et malgré ses succès sur l'armée de Silésie, ce Dieu permit qu'au-lieu d'empêcher la jonction de cette armée avec celle des Austro-Russes, il eut la maladresse et l'infamie de marcher sur la Lorraine, *pour y surprendre en flagrant délit* (c'est son expression triviale) le père de son épouse, et MONSIEUR, frère de Sa Majesté. *Je suis,* disait-il à ses généraux, surpris de son audace et de son délire, *à moitié chemin de Vienne.* Il le disait, alors qu'il n'était plus.

Je passerai sous silence les combats qui eurent lieu dans les environs de Paris, où nous perdîmes sept à huit mille des nôtres ; la cruauté du monstre envers le respectable M. de Gouault, qu'il fit fusiller ; son atroce propos en apprenant la mort de M. de Saint-Priest ; la désertion d'une partie de ses troupes, et leur dénuement absolu. On a vu sur les chemins et dans les boues, des conscrits, encore en leurs habits de cultivateurs, blessés et mourans de fatigue et de faim. On a vu dans Paris des militaires demander le pain de l'aumône ; ils étaient sans souliers, sans habits, et sans autres secours que ceux donnés par la commisération publique ; car il n'y avait dans l'armée ni munitions, ni signe, ni espoir de prévoyance. Voilà le père ou plutôt le boureau, auquel nous avions confié le sort de nos enfans. Je ne rappellerai point également l'ordre donné aux habitans de la campagne de sonner le tocsin et de s'armer à l'approche de l'ennemi : mesure qui autorisa ce dernier à raser plusieurs villages, et à en fairefusiller les maires. *Bon*, dit le tigre, *cela nous procurera des soldats* : un chef de brigands ne voudrait pas de complices à pareil prix. Je tairai enfin cette invention, digne des enfers, de faire habiller en faux cosaques des militaires, sans doute étrangers à la France, après en avoir obtenu la promesse de piller, de violer et de massacrer les femmes, les vieillards et les enfans, afin de mieux exciter le peuple contre les vrais cosaques; comme si ces derniers ne nuisaient pas assez et à l'armée dont ils dépendent et à leurs ennemis : on sait que leurs hetmans peuvent à peine les contenir; et les rives de la Seine, de la Marne, de la Saône, du Rhône et du Rhin, laisseront un long souvenir des crimes de tous leurs oppresseurs. Je n'accompagnerai point dans leur fuite les adhérens et les ministres attachés au tyran, ses frères et sa famille, parce qu'ils avaient l'honneur d'être du cortège de l'auguste archiduchesse Marie-Louise d'Autriche : je dirai seulement que le jeudi 31 mars, un stupide Préfet avait annoncé en plein spectacle, et au milieu des applaudissemens de la multitude, que les ennemis de la France étaient en pleine déroute, et qu'ils avaient pris la fuite. La cause de l'humanité était alors gagnée, *et l'aigle aux serres ensanglantées avait fait place au lis qui apportait la paix*. Jugez de la confiance aveugle que vous accordiez aux journaux officiels, et aux esclaves titrés du plus scélerat des hommes. Les nouvelles du jour se corrompirent pendant la nuit, car ce fut le même jeudi 31 mars que les armées confédérées entrèrent dans Paris, et qu'un gouvernement pacifique s'établit sur les débris d'un gouvernement de sang. Le sénat créateur et créature de Buonaparte le déclara *déchu du trône et abolit le droit héréditaire établi dans sa famille.* Les motifs de cette déchéance sont dans « l'abus qu'il a fait de tous les » moyens qu'on lui a confiés en hommes et en argent; » l'abandon des blessés, sans pansement, sans secours, » sans subsistances, et différentes mesures dont les » suites étaient la ruine des villes, la dépopulation » des campagnes, la famine et les maladies conta- » gieuses. » A cette époque, le tyran furieux d'avoir manqué les illustres personnages que sa rage voulait retenir, s'écrie à la trahison, rentre précipitamment dans Fontainebleau avec un petit nombre de ses gardes, et termine sa carrière politique par abdiquer son exécrable pouvoir, en calomniant l'armée qui avait répandu son sang pour lui conserver ce pouvoir. *Mon armée s'est deshonorée, elle est indigne de mes ordres.* On assure que pour laisser un monument affreux de son désespoir, le Néron de la France avait ordonné de mettre le feu à la poudrière de Grenelle.

Si vous me reprochez d'avoir donné trop légèrement ma confiance aux rapports de ses ennemis, je répondrai que quand un homme s'est souillé de quelques grands crimes, on peut en conclure qu'il les a tous commis; qu'on ne doit jamais, il est vrai, accuser un souverain sans preuves, mais que ce souverain ne doit jamais mériter qu'on l'accuse; et que dès l'instant qu'il s'est rendu coupable d'un forfait avéré, il est le premier coupable des jugemens téméraires qu'on porte à ses actions. Si vous me citez le *bis videor mori* de la fable, je me bornerai à vous répondre, que n'ayant jamais eu le malheur d'approcher Sa Majesté lionne, dont je respectais de loin le titre, bien que son élévation me fût en horreur, je ne lui dois en ce moment aucun égard. Sa fortune prodigieuse, son âge plus que mûri par les caprices du sort, sa forte constitution, et l'heureux climat de son exil, présentent d'ailleurs une situation qui, aulieu d'être effrayante à un philosophe chrétien, est à désirer. *N'est-ce pas beaucoup,* dit la Bruyére, *pour celui qui se trouve en place par un droit héréditaire, d'être né Roi?* Buonaparte peut se livrer aux amusemens de la botanique, comme il se le proposait en avril 1814: ce serait même un commencement de sagesse et de retour à la vertu, et le moyen de ne plus laisser germer dans son cœur aucun levain de vengeance et de haine: ce serait peut-être le secret infaillible d'appaiser ses rémords et les cris de sa conscience; car après l'étude d'un Dieu crucifié; *il faut avoir,* dit Jean-Jacques; *un naturel bien épuré de toutes les passions irascibles pour trouver son bonheur dans celle des plantes.*

Le 4 mai 1814, Louis XVIII fit son entrée dans Paris, aux cris souvent répétés et non payés de *vive le Roi;* et la France se réunit au septième des Bourbons, cent quarante-quatre ans après avoir eu le malheur de perdre le premier. On eût dit qu'elle avait conservé l'habitude d'obéir à cette famille, et que sans le droit incontestable de la naissance, elle n'en aurait pas moins donné le trône de SAINT-LOUIS et d'HENRI IV à celui des Français qui méritait le mieux de l'obtenir par sa bonté et par sa sagesse. Une grande tâche attendait SA MAJESTÉ : celle d'inspirer l'indulgence, d'étouffer les discordes civiles, d'enchaîner le vice et d'affermir la vertu. Une plus grande réputation l'avait annoncé. Que de maux à reparer et que de biens à opérer ! Si d'un côté, il fallait protéger les plus fermes soutiens de la couronne, se présentaient de l'autre côté les partisans timides de cette même couronne, qu'il fallait encourager, et les nouveaux prosélites qu'il était nécessaire de recevoir, en leur accordant un appui contre les sectaires dont ils avaient déserté les étendards : il fallait neutraliser les préjugés de ces mêmes sectaires, sans cependant les encourager à de nouveaux crimes par de trop sensibles ménagemens ; et comme la France visait autrefois plus à la monarchie absolue qu'à la monarchie tempérée, il fallait lui donner un gouvernement libéral, fondé sur l'intérêt du prince, joint à celui du peuple, par un pouvoir émané de la volonté de ce dernier, et cependant indépendant de cette même volonté, qui lui conservât ses droits et lui rappellât ses devoirs. Les parlemens exilés par la cour et chansonnés par le peuple, ne pouvaient plus servir d'intermédiaire, il fallait donc un équilibre parfait des pouvoirs constitutifs, un contre-poids assuré contre le pouvoir absolu, et une juste balance de tous les pouvoirs; il fallait enfin que tous ces pouvoirs fussent indépendans au milieu de la dépendance, sans que leurs poids fussent onéreux; que l'autorité du Prince fût affermie sans contradiction, et que l'on reconnût partout le pouvoir monarchique élévé au-dessus des autres pouvoirs, comme la Divinité au-dessus *des sphères célestes qui tournent d'elles-mêmes sur leur axe, sans qu'on apperçoive la main puissante qui les meut.* Bacon.

Peuple, tels sont les bienfaits de *Louis le désiré*, et jamais Souverain ne mérita mieux ce nom, *né du sein de la douleur et de l'espérance.* Il paraît au milieu de nous, sans se rappeller les outrages qu'il a reçus de plusieurs. *Ils sont effacés de son souvenir, comme il voudrait qu'on put les effacer de l'histoire.* Il n'envisage le pouvoir suprême que comme l'instrument de la félicité de tous: le berger est fait pour le troupeau, et le troupeau ne peut se passer du berger. Son regard, loin de repousser les coupables, les appelle; loin de les effrayer, les rassure, et loin de les allarmer, les protège contre nos justes ressentimens. Il se considère comme le premier magistrat du royaume qu'il gouverne, et son souverain bonheur est la clémence qu'il exerce. C'est l'ami le plus vrai de l'humanité, et la misère d'un seul français est capable de l'affliger: il ne peut être content, quand un de ses enfans ne l'est pas. Il est sur tout impossible dans les circonstances qu'ils soient tous heureux comme il le voudrait, mais croyez qu'il n'attendrait pas au lendemain, s'il pouvait alléger le poids de leurs maux. Sa cour est une école de mœurs, de sagesse et de vertus, dont MADAME, fille de LOUIS XVI, est le temple auguste. Sans confondre les personnes et les rangs, SON ATESSE ROYALE possède au suprême dégré, dans ses discours comme dans ses actions, cette douceur angélique qui lui a été transmise pour le bonheur des infortunés ; et les secours qu'elle leur prodigue ont le double mérite de les soulager et de ne pas les humilier. Si l'effort d'obtenir le titre d'un bon Roi, fait plus vivre le prince dans la mémoire des hommes que les plus brillantes conquêtes, comme nous devons chérir celui qui fait aujourd'hui les délices de son peuple ! Soyons fidèles à LOUIS XVIII, aimons-le tous, il se portera bien, car rien n'est si sain que d'être aimé. C'est une providence qui nous offre le gage d'une réconciliation parfaite, et qui se dévoue à nos intérêts, en nous donnant la Charte Constitutionnelle, qui doit nous rallier auprès de sa personne, et réunir en une seule famille tous les Français, *sans que jamais aucun souvenir ne puisse troubler la sécurité* que nous assure cet acte solemnel. « Interrogeant les siècles, ces monumens vénérables » de l'antiquité ; SA MAJESTÉ a combiné d'anciens » usages, *la Pairie*, avec des mœurs nouvelles ; et » nos institutions se trouvent accomodées au temps, » aux progrès de l'esprit, à l'état de civilisation, et » aux rapports des nations entre elles. *Adresse de » la chambre des Députés.* »

Pour ne jamais perdre le souvenir du vertueux Louis XVI, j'ai invité le peuple de lire son Testament. Pour s'unir à Louis le désiré, j'engage ce même peuple à ne jamais perdre de vue la Charte Constitutionnelle, à ne jamais s'écarter des dispositions qu'elle contient, et à la regarder comme l'arche sainte qui peut seule nous sauver d'une troisième et dernière inondation. Il serait à désirer qu'un artiste puisse renfermer, dans un seul cadre, avec les médaillons de ces deux monarques, les trois passages les plus intéressans de notre histoire, qui sont *le testament du premier, la déclaration du second, donnée à St.-Ouen le 2 mai 1814, et la charte constitutionnelle du mois de juin suivant.* De même que les amis de la constitution de 1791 avaient multiplié sous différentes formes leur *déclaration des droits de l'homme et du citoyen*, ce monstrueux assemblage de paradoxes et d'impiétés : de même les amis de la monarchie peuvent s'empresser d'offrir aux regards du Français comme de l'étranger la *constitution* de 1814, ce chef-d'œuvre de l'entendement humain, et ce triomphe de la saine politique sur les délires de l'imagination et les égaremens du cœur. Plusieurs de nos rois ont adopté une dévise particulière, qui retraçait ce qu'ils avaient fait d'intéressant. La Dévise de Louis XII, né à Blois, était un porc-épic, armes de la ville de Blois, avec ces mots ; *cominùs et eminùs*; celle de François I.er, une salamandre dans le feu, avec ces mots: *nutrio et exstinguo.* La première dévise de Louis XIV était une massue d'Hercule, avec ces mots : *erit hœc quòque cognita monstris ;* et la seconde un soleil avec ceux-ci : *nec pluribus impar.* Je propose pour la dévise de Louis le Désiré, une fontaine jaillissante, avec ces mots : *sitientes lenio.* En attendant qu'elle soit adoptée ou remplacée par une dévise plus expressive, je n'en dois pas moins au peuple, dont je suis l'ami le plus sincère, et des droits duquel j'ai toujours été le plus sevère défenseur, quelques réflexions sur l'acte émané du souverain, dont nous ne pourrions aujourd'hui nous séparer, sans être les auteurs inexcusables de la destruction entière de notre malheureuse patrie.

« L'impôt sera librement consenti, chaque Français contribue indistinctement, dans la proportion de sa fortune, aux charges de l'état. La chambre des Députés, cette portion essentielle de la puissance législative, composée des Députés élus par les colléges électoraux, reçoit toutes les propositions d'impôt ; et ce n'est qu'après que ces propositions ont été admises, qu'elles peuvent être portées à la chambre des Pairs. Aucun impôt, soit direct, soit indirect, ne peut donc être établi, ni perçu, s'il n'a été consenti par les deux chambres et sanctionné par le Roi. »

Je dois vous prévenir qu'il ne faut pas regarder comme un impôt ordinaire les contributions de guerre, dont la Divinité seule a le droit de juger la justice ou l'injustice. Sa Majesté éprouve comme nous et plus que nous cette trop longue tourmente, tandis que son auteur jouit, sous un ciel sans orages, du calme et peut-être de la satisfaction des méchans. Le sacrifice est grand ; mais, je le répete, il est plus pénible pour le monarque que pour ses sujets, puisqu'encore une fois ce bon père réunit à ses propres douleurs celles de ses enfans. Croyez que ces contributions de guerre seront sous peu de jours soumises à l'examen des chambres ; mais en attendant, il n'y aurait qu'un insensé qui refuserait d'en acquitter provisoirement sa part : un tel refus pourrait rappeller parmi nous de plus grands désastres.

Les propriétés seront inviolables et sacrées : la vente des biens nationaux restera irrévocable, la loi ne mettant aucune différence entre ces biens et ceux d'ancienne origine.

On pourrait à la rigueur ajoûter qu'il n'y a peut-être aujourd'hui en France aucunes propriétés qui ne soient nationalisées, puisqu'elles étaient autrefois grévées de dîmes et de droits féodaux, et que ces droits se trouvent supprimés : même ceux pour concession de terres, que les seigneurs, à raison de leur présence continuelle à la guerre, étaient dans l'impossibilité de cultiver. L'église avait prononcé, par l'organe de son chef, l'irrévocabilité de la vente des biens nationaux, et la loyauté d'un souverain, *qui n'a jamais trompé personne*, a solemnellement ratifié toutes ces ventes. Sa Majesté sait d'ailleurs que les grandes propriétés sont un tort pour l'agriculture, sur laquelle le gouvernement concentre ses attentions, comme offrant ainsi que le commerce, une étendue de forces suffisantes pour le faire respecter, et que dès-lors le démembrement de ces propriétés est un avantage pour l'état, de même que l'absence des propriétaires était autrefois la plus forte taxe imposée sur leurs biens. La richesse d'un roi est dans l'abondance que ses sujets se procurent par l'agriculture et par le commerce. Combien sont donc coupables ces hommes pervers, qui, sans y croire, disent au peuple que l'arrière-pensée du gouvernement est de revenir sur la vente des domaines ecclésiastiques et des biens d'émigrés, et de rétablir la dîme et les droits féodaux ! C'est calomnier *témérairement et méchamment* le souverain, sans qu'il soit besoin que ces mots soient écrits dans une loi répressive ; c'est mentir sciemment aux premiers principes de l'ordre social et de l'histoire. D'un côté, il serait impossible, sans un bouleversement général, de porter la plus légère atteinte à la vente de ces biens, qui ne sont plus dans les mains des premiers acquéreurs, mais qui appartiennent aujourd'hui à des propriétaires de bonne foi. Il s'agirait donc tout au plus d'indemnités à répeter contre ceux qui, ayant acquis ces biens à vil prix, en ont fait des reventes avantageuses ; et certes, le monarque qui a pardonné avec autant de générosité de grands crimes, est loin de relever quelques injustices particulières, et quelques erreurs de calculs. Quant à la féodalité, il suffit, d'un autre côté, de se rappeller que les rois de la troisième dynastie, *trouvant mieux*, dit Mezerai, *leur compte avec la roture*, ont graduellement détruit le pouvoir de la féodalité. LOUIS LE JEUNE rendit la liberté au peuple de se choisir une profession : LOUIS VIII lui permit de se racheter. CHARLES XII supprima les cours plenières et les tournois, qui figuraient les guerres privées : LOUIS XI réduisit à une simple dotation les apanages qui faisaient autant de souverains, et l'on sait par quels moyens le cardinal de Richelieu, ce ministre auquel Pierre le Grand eût donné la moitié de la Russie, pour lui enseigner l'art de gouverner l'autre moitié, rendit meilleure la condition de LOUIS XIII. Peuple, croyez que celui qui a la souveraineté, n'a pas besoin de la suzeraineté; et ne craignez plus de traduire devant les tribunaux le scélérat qui outrage Sa Majesté dans ce qu'elle a de plus cher : la loyauté et la fidélité dans ses promesses.

La dette publique, cette dette énorme, dont les fonds se seraient trouvés en partie dans les caisses des dilapidateurs connus, si on eût été assez heureux pour les prévenir dans leur fuite, *est garantie*. La générosité de Sa Majesté ne demande même pas la remise qu'elle pourrait exiger, sans injustice, de quelques créanciers, et préfère se réduire avec sa famille et ses fidèles sujets aux privations les plus grandes, que de manquer à l'engagement qu'elle a contracté par sa déclaration du 2 mai 1814.

La conscription est abolie. Ce mode de recrutement, employé par l'ange de la mort, est supprimé.

C'est aux mères qu'il appartient d'apprécier l'étendue de ce bienfait : les pères n'ont pas cette sensibilité touchante, qui fait le partage d'un sexe né pour calculer toutes les consolations que cet article XII de la charte accorde à la tendresse. La douleur d'une mère au départ de son fils pour l'armée, est plus éloquente que celle d'un père : sa reconnaissance pour le monarque qui lui rend ce fils, doit être et plus vive et plus soutenue. Femmes, connaissez votre empire, et vous adoucirez le cœur de vos époux, qu'une révolution sanguinaire n'a pas peu contribué à rendre sauvages. Le caractère de quelques hommes du peuple était devenu si brutal et si féroce, que, suivant un reproche admis entre eux, ils préféraient la perte de leur famille entière, à celle du plus immonde des animaux. *Les petits désastres ne se comptent pas* : *la nature*, disait le tyran en parlant du nombre des victimes de la guerre, *conserve les especes, et se soucie fort peu des individus.*

Les Français sont égaux devant la loi, quelques soient leurs titres et leurs rangs. Tout Français sera admissible aux emplois civils et militaires.

En effet, le meilleur gouvernement est celui, où toutes les conditions sont également protégées par la loi et par le souverain; où les actions sont examinées avec indulgence, et pesées dans la balance de l'équité ; en un mot, où les hommes sont récompensés et punis, suivant le bien ou le mal qu'ils ont fait. L'ancienne monnoie de Cour est hors du commerce actuel ; et l'homme modeste parmi nous, sans prôneurs et sans intrigues, qui n'aura que son mérite pour recommandation, sera toujours plus sûr de parvenir que le méchant et l'opulent en crédit. S'il est triste de ne rien obtenir des hommes qui ont l'estime publique, on doit être encore plus affligé de devoir son avancement à l'importunité ou à ceux que l'on est en droit de mésestimer. Rendez-vous digne de quelqu'emploi, le reste est l'affaire du maître et de ceux qui l'approchent. En vous appellant à remplir une fonction publique, mettez-vous dans le cas que l'on vous répète ce que le Grand Fréderic disait en 1784 à M. de Massow, qu'il nommait président du tribunal suprême de Berlin : *vous savez ce que c'est que l'indigence, vous n'en serez que plus zélé dans la défense de l'opprimé.* Le tyran avait une autre logique, celle des frippons : il soupçonnait tous les hommes, et surtout les infortunés, capables de se laisser séduire: cette logique ne faisait pas plus honneur au sujet appelé, qu'au monarque qui appellait. Un des bienfaits que nous devons encore à notre Souverain, est le discernement avec lequel il choisit ceux qu'il emploie : il n'a encore été trompé que dans un seul de ses ministres. Pensez et agissez virilement, ayez une ame austère, un cœur droit et un esprit profond : soyez formidable aux ennemis du dehors, inexorable aux factieux du dedans, et malgré cela d'un accès facile; et alors, quels que soient votre rang, votre fortune et votre naissance, croyez que vous ne serez pas longtemps confondu dans la foule, et que vous serez distingué même dans votre obscurité. *Amice, ascende superiùs*. Mais je m'apperçois qu'avec mon la Bruyère, je dérobe ici, sans le vouloir, quelques traits à l'histoire des ministres de Louis XVIII; et loin de moi toute allusion qui puisse être prévenue de bassesse ou de vengeance. Cependant un roi qui sous de tels ministres n'a plus à songer qu'à gouverner, gouverne toujours bien, parce que l'action du sujet devient meilleure, quand il est sûr que l'inspection royale ne sera point égarée par celui qui sait annoblir son ministère, et dont la conduite est celle qui lui a été donnée par l'oracle du cœur : savoir, que *l'on est aussi coupable de manquer la vérité aux rois, que de leur manquer de fidélité*. MASSILLON.

La liberté individuelle de chaque Français est garantie par l'article III de la Charte constitutionnelle. Vous ne manquerez pas de me dire que cette *liberté individuelle* n'est plus garantie, dès que l'on peut être arrêté hors les cas prévus par la loi et sans les formes qu'elle prescrit. On vous a cité à cet égard le *caveant consules* des Romains que vous avez singés, et l'ajournement de la loi fondamentale *habeas corpus* des Anglais qui vous est accordée. On vous a dit que lorsque la *liberté publique* était en danger, l'indulgence en ce cas était plus dangereuse que la sévérité, et que la célébrité fuirait le souverain qui ne saurait frapper à propos les séditieux, et les faire rentrer dans leurs devoirs. Le salut public exige donc en ces circonstances que l'on prenne toutes les mesures possibles, *même celles extraordinaires*, pour éloigner de la France la tempête dont elle est menacée. Il vaut certainement mieux prévenir de grands crimes, par une arrestation qui ne porte avec elle rien d'humiliant ni de dangereux, que de se trouver forcé d'en livrer les coupables aux supplices. C'est une humanité nécessaire, une prévoyance qu'on ne peut refuser à un monarque, qui n'a comme le nôtre que des intentions libérales. C'est en un mot un *acte insurrectionnel* contre les projets d'insurrection. Peuple, celui qui vous souffle contre la loi du 29 octobre dernier cette terrible mais illusoire objection, ne se bornait pas à une simple détention à l'égard des suspects ; car sous le prétexte de prétendues conspirations qui ne pouvaient avoir lieu dans nos prisons, et j'ose le soutenir aux bourreaux qui m'y ont deux fois renfermé, il faisait conduire à la mort ses créanciers, ses rivaux, et ses ennemis particuliers, et se contentait de dire qu'ils *n'auraient plus alors à se plaindre de lui*. Il ne passait jamais près d'un fleuve, sans manifester ses regrets *de ne pouvoir y jetter tous les détenus* ; et il répondait à ceux qui parmi nous invoquaient la loi, *qu'on ne pouvait renouveler une grande nation que dans des bains de sang*. Je rapporte les expressions dégoûtantes de ces hommes pervers, pour vous prouver que la Restauration ne veut rien de commun avec la Révolution. Cette preuve se trouve dans les précautions que la loi exige pour arrêter le méchant au bord de l'abîme dans lequel il serait tenté de nous plonger une troisième fois. Le premier magistrat de chaque département, auquel le *mandat d'arrêt* est confié, ne peut le décerner sur une simple présomption, sur la suspicion que tel homme est dangereux, pour l'avoir autrefois été ; mais sur une insuffisance de preuves qui ne pourraient déterminer la conviction des tribunaux. Ce magistrat doit en prévenir le procureur du roi ; celui-ci doit envoyer les pièces au gouvernement, avec son opinion particulière pour ou contre l'arrestation ; et les ministres eux-mêmes ont promis, par l'organe de l'un d'eux, de faire leur rapport au conseil de Sa Majesté. On ne peut donc accuser la loi d'arbitraire, ni blâmer ses mesures d'exécution : elles ne laissent rien d'acerbe à ceux qu'elle en charge ; et l'on sait qu'un pouvoir quelconque a peu d'extension dans une cause, dont la compétence appartient à plusieurs dégrés de juridiction et à plusieurs magistrats aussi instruits que prudens et intégres. C'est le cas de dire que la loi qui laisse le moins d'arbitraire est toujours la plus parfaite. Celle dont il s'agit ne peut jamais frapper que ces dogues qui depuis vingt-cinq ans ameutent là plus vile populace dans les combats qu'ils livrent au monarque et à ses fidèles serviteurs. On les a vus dernièrement, au retour momentané de leur chef, renouveler leurs affreux excès ; et on ne peut disconvenir qu'ils ne tentent aujourd'hui de les rappeller, Les hommes de Buonaparte sont ceux du régime révolutionnaire : c'est la même tactique, et ce sont les mêmes discours. Leurs mœurs sont également cruelles, et leurs actions sont également atroces. Voyez s'ils savent pardonner quand ils se croyent vainqueurs : après avoir reçu le *bien-aimé* des furies de Marat, et le successeur de Robespierre, ils ne parlaient que de *piller*, de *tuer*, de *hacher*, d'*incendier* et de mettre à l'ordre du jour leurs anciens projets de destruction génerale. Je ne puis que repéter ce que j'écrivais dans les premières semaines de cette année 1815, sur les préparatifs de la conspiration qui a eu lieu deux mois après.

» Les échos de la montagne ne manqueront pas de » s'écrier qu'il est dangereux de rappeller des faits » qui sont éloignés de nous, et des lois dont l'exécu- » tion devient aujourd'hui impossible : *quœ propter* » *necessitatem recepta fuerunt, non debent in argu-* » *mentum trahi*; et que cette déclamation ne peut » que prolonger des haines qu'il est utile d'anéantir. » Cette inculpation serait de toute justice, si les hom- » mes de 1793 oubliaient eux-mêmes les événemens » passés et ne cherchaient pas, par tous les moyens » possibles, celui de les renouveller. Mais il est constant » que la monarchie leur déplaît, et qu'ils lui préfèrent » l'empire sanguinaire sous lequel par une nouvelle » transaction avec le tyran, ils pourraient conserver » leurs dignités, continuer leurs dilapidations, et » n'en pas moins recevoir leurs prodigieux appoin- » temens. Ce qu'ils tiennent de la générosité ne

» peut les satisfaire, et ne leur paraît aucunement » stable; ce qu'ils tiendraient d'une seconde association criminelle, leur paraîtrait éternel. C'est dans » des comités secrets qu'ils font le cruel essai de » leurs forces, et malheureusement ils ne réussissent que trop souvent auprès des esprits crédules » contre les amis du gouvernement. Ici la guerre » se déclare, et il faudra bien avoir recours à la » conscription; là, on prépare une loi contre les » acquéreurs de domaines nationaux, dont le premier article est l'aliénation des bois invendus du » clergé. Dans leur délire, ils ne cherchent même pas » la vraisemblance; et les moyens les plus absurdes sont les meilleurs, lorsqu'ils peuvent ébranler la confiance des ignorans, que la vente des » bois ecclésiastiques aurait plutôt dû rassurer. Tantôt » reparaît une seconde fois sur nos frontières avec des » forces imposantes, le lion d'Egypte, et le moment d'après le souverain abdique, et préfère les » douceurs de la solitude aux secousses d'un trône » qui chancèle. Aujourd'hui le pain ne peut qu'augmenter par les envois de bled faits à nos ennemis naturels, et demain ces mêmes ennemis doivent » combler nos ports. Depuis qu'une puissance, née » du volcan des révolutions, menace le siège de » la religion, les espérances renaissent, et les conjectures les plus opposées vont avoir lieu. On » pourrait rire, ai-je ajouté, de ces ineptes contradictions, si l'inquiétude ne parcourait pas » les villes et les campagnes, et si les points de

» correspondance et les signes de ralliement n'é-
» taient pas certains entre les hommes du même
» parti. La grande et la plus saine majorité des
» Français veut le gouvernement monarchique de
» la famille des BOURBONS, j'en conviens, mais
» j'ajoute que la minorité la plus convulsive tient
» encore pour le bon temps où l'on pouvait oppri-
» mer sans danger et s'enrichir sans talens. Les
» honnêtes gens n'ont que du zèle, et les factieux
» ont de l'audace. Ce ne sont plus à la vérité des
» châteaux à incendier, mais ce sont des chaumières
» qu'ils tentent encore de dépeupler. Il paraît cer-
» tain que dans leurs assemblées de ténèbres, ils
» font renouveller le serment odieux du 19 fruc-
» tidor an 6. *Loin de fatiguer le prince par d'inu-*
» *tiles révélations, et ses sujets par des investigations*
» *importunes*, on peut éveiller la sentinelle, lors
» qu'il y a lieu de craindre que son long sommeil
» se termine par une funeste léthargie. Ce n'est pas
» le Souverain, entre le cœur duquel chacun de
» nous irait se placer, et le fer d'un vil assassin,
» que nous cherchons à *fatiguer*; mais *auxiliaires*
» de la police dans nos provinces, nous croyons
» devoir la prévenir de ce qui par la suite peut
» offrir des résultats cruels. Nous estimons même
» que dans le doute, on doit surveiller doublement
» nos anciens ennemis, ces agens de l'insubordi-
» nation et ces prédicans du plus saint des devoirs.
» Tout en leur pardonnant, on ne doit point ou-
» blier les maux qu'ils ont causés à la France,

» pour écarter ceux qu'ils seraient encore tentés d'y » faire ».

Voilà ce que j'établissais au commencement de cette année dans un ouvrage dont on m'a refusé l'impression; et qui depuis est devenu sans intérêt, par la raison que le peuple a éprouvé de plus grands et de plus longs malheurs que ceux que j'annonçais. Je ne fais aucun reproche aux personnes qui ont retenu mon manuscrit jusqu'au retour du tyran, et je suis d'accord avec elles sur les fautes de style que l'on est en droit de m'objecter. Pourvu, je le repète, que je puisse convaincre un seul lecteur de la nécessité où nous sommes de nous rallier à Sa Majesté, sous la sauve garde du meilleur des gouvernemens, peu m'importe ma réputation d'homme de lettres: mes intentions sont pures, on ne m'enlevera jamais le cœur d'un bon français. Ainsi, puisse cette instruction populaire être la plus faible des brochures qui se succèdent heureusement sur le même sujet, et n'en pas moins remplir le but que je m'y propose ! On ne peut trop multiplier les écrits qui rappellent au peuple ses devoirs, ils n'excéderont jamais le nombre de ceux qui l'ont bercé de ses prétendus droits. Il faut, dit un empereur payen, instruire les ignorans, pour ne pas les punir, les plaindre pour ne pas les haïr, et leur faire le plus de bien qu'il est possible, pour les rendre plus heureux.

Le plus fameux Buonapartiste sera forcé de convenir que si la loi du 29 octobre dernier eût été rendue dans le cours de l'année 1814, son général n'aurait pas réussi à soulever l'armée du fond de sa retraite, et à nous transporter à Alger et à Tunis, où la milice fait et defait les Rois. Ceux qui l'avaient déposé, n'auraient pas conspiré pour son rétablissement; et ses adhérens n'auraient pas préparé les esprits à le recevoir avec ses crimes anciens et nouveaux. On n'aurait vu dans l'exilé de l'île d'Elbe qu'un sujet révolté, digne du dernier supplice. Il n'était souverain de quelques acres de terre, qu'après avoir reconnu la légitimité de la maison de Bourbon, et sous la condition de ne pas étendre son pouvoir au-delà des bornes naturelles que la mer avait mises à sa souveraineté. On n'aurait pas osé armer contre Louis XVIII un peuple qui lui est chèr, en menaçant ce peuple de la perte de ses propriétés. Ce n'est que dans l'histoire du bas empire que l'on voit des légions placer et déplacer leurs empereurs; ce n'est que dans les pays où le despotisme exerce son pouvoir, que l'on trouve des Monarques déposés, en Turquie par les Janissaires et en Russie par les Strélitz; et c'est dans les seuls siècles de barbarie que les sujets se croyent déliés de leurs sermens de fidélité. Si les mesures relatives à l'armée, commandées par la nécessité et par l'exemple de Pierre le Grand, eussent été prises au moment de la restauration, on n'aurait pas à surveiller et à punir tant de parjures, qui n'ont d'autre excuse à offrir que celle de ces lâches qui, au rapport de Tacite, prétendaient qu'il fallait dans toutes les circonstances se conformer aux temps et aux événemens : *serviebant tempori.* Il fallait plutôt être bien persuadé de la clémence de Louis XVIII, pour l'outrager ainsi. Grâce à la loi ci-dessus relatée, on ne verra plus de coupables administrateurs recevoir dans leurs murs le premier brigand qui osera s'y présenter ; et de perfides magistrats s'empresser, dans des adresses plus perfides encore, de le féliciter de son usurpation: ce sont les plus coupables. On dit que ceux qui avaient le plus déclamé contre Mazarin, et qui avaient mis sa tête à prix, ont été les premiers à venir le complimenter lors de son retour.

Et puto tàm viles despicis esse togas.

Les sermens seront-ils donc toujours la monnoie des ingrats? Toute excuse fondée sur la prétendue nécessité de ne pas laisser les peuples sans justice et sans administration, est le secret infaillible de fortifier la révolte des sujets, et l'audace de l'usurpateur. Ne sait on pas que l'usurpation détruit tous les pouvoirs, et fait taire partout l'ordre et l'harmonie? Disons plutôt que de la lâcheté au parjure, il n'y a qu'un pas. Louis XVIII obligé de fuir, et Buonaparte triomphant: quel contraste ! Tout usurpateur qui réussit est donc sûr d'être encensé; *cole felices, miseros fuge,* sera donc toujours la dévise du genre humain.

Ce sont également ceux qui ont besoin d'amnistie qui la donnent ; aussi la première proclamation du conspirateur accordait-elle plus qu'on ne lui demandait. Il parlait de clémence, et la sienne était l'effet de la lassitude et le besoin de l'hyopcrisie, *clementiam non voco lassam crudelitatem.* Il promettait de fermer les portes du temple de Janus, et de rappeller en France l'âge d'or de la poésie.

Saturni aurea sæcla quis requirrat?

Sunt hœc gemmæ, sed Neroniana.

Il annonçait des intentions libérales, mais en même temps il opprimait le peuple en le forçant de lui fournir des hommes et des fonds notoirement destinés aux dépenses d'une guerre qui ne pouvait tourner qu'au désavantage de ce même peuple. C'était le voler, pour le mieux asservir par son argent même; perpétuer ses malheurs, pour les rendre plus sensibles: c'était enfin ajouter quelques pages de plus aux annales de la fraude et de la violence D'un côté, le rebelle cherchait à persuader à ses troupes, qu'elles n'avaient à combattre que pour leur indépendance, et leur courage ne pouvait retarder que de quelques heures leur dépendance et la nôtre. Une tyrannie d'un jour est encore trop pour l'humanité, et nous aurons long-temps à souffrir des résultats de cette dernière. Il faut que notre patrie soit fortement constituée, pour avoir résisté à toutes les épreuves du charlatanisme et de l'inexpérience, mais je doute qu'un aussi bon corps puisse éprouver une troisième révolution de cette espèce, sans y perdre son existence politique. La loi du 29 octobre est donc d'une nécessité urgente pour s'opposer aux efforts des malveillans, qui désirent peut-être cette troisième révolution, par la raison que le brigand n'a de jouissance que dans le voisinage des tombeaux. D'un autre côté, des députés choisis à la hâte par le cinquième des électeurs, se réunirent au tyran et s'en rendirent les esclaves. Cela devait être: plusieurs parmi eux étaient les anciens agens du crime et les successeurs naturels des Marat, des Robespierre et des Carrier; et les colléges électoraux ne pouvaient confier cette extravagante mission, qu'aux enfans perdus de la société régicide. Quoiqu'il en soit, pilotes d'un vaisseau qui faisait eau de toutes parts, ni les uns ni les autres n'ont pu convenir entre eux des manœuvres que sa triste situation exigeait. Ils ne s'occupaient chaque jour qu'à replâtrer les déchirures de la veille, et cet ouvrage n'était entre leurs mains inhabiles qu'un composé de mauvaises pièces de rapport. Ils ont enfin disparu, malgré leur ténacité, comme ces portraits d'hommes obscurs, qui des quais de nos grandes cités vont noircir les échoppes et les galetas des féderés qu'ils ont appellés à leur secours et au partage de leurs opprobres. Le chef de cette horde impie est disparu lui-même à Waterloo; et la providence n'a pas voulu attendre la réunion de ses vengeurs, pour dissiper les coupables enfans de sa colère, au moment où dans leurs jactances, ils promettaient de *faire également leurs devoirs*, c'est-à-dire de tout détruire. Que tout ce qui rampe se console, en voyant leur élévation, et que tout ce qui s'élève s'abaisse, en voyant leur humiliation.

Peuple, nos regrets au départ de Louis XVIII, et nos larmes d'attendrissement à son retour, en même-temps qu'ils font l'éloge le plus vrai et le plus touchant de ses vertus, font le contraste consolant de cet hideux tableau. J'ai vu, et je me plais à le publier, plusieurs des vôtres dissimuler, il est vrai, leurs douleurs pendant son absence, et je les ai vus faire éclater leur allégresse à son retour. Mais il en est encore parmi vous quelques-uns qui paraissent regretter l'ennemi du genre humain. Les insensés ne rêvent encore que cet ennemi; et bien qu'il soit l'être le plus dangereux de l'île qu'il habite et qui doit être son dernier asyle, ils le voyent, dans leur léthargie, tantôt à la tête des Turcs qui assiègent Belgrade, et tantôt à celle des Barbaresques qui menacent quelques côtes de l'Europe. Il est à Carthagène, à Cusco, et jusques dans les satellites de la lune, dans l'un desquels ils ont vu, en septembre dernier, la cocarde tricolore de ce génie malfaisant. Ces rêves sont de la dernière extravagance, j'en suis d'accord: ils annoncent une imagination délirante, qui aurait besoin de douches et de bains froids; mais on ne peut douter qu'un scélérat obscur n'entretienne parmi ces bonnes gens cette illusion coupable, qui se renouvelle et se multiplie chaque jour avec la malle du courrier. Que de mensonges depuis la naissance de la gazette, en 1631, par Renaudot! L'une vous dit que lorsque la demeure actuelle du tyran de la France, appartenait à la compagnie des indes anglaises, il y eut une révolte dans l'île entre les troupes de la compagnie, et les naturels du pays, que l'on suppose être des réfugiés français : cela suffit à l'agent ténébreux pour faire courrir le bruit d'une semblable sédition en faveur de son idole. Une autre vous entretient des sommes immenses que l'exilé a fait passer dans les États-Unis, qui dans ce moment, ajoute son rédacteur, fournissent des hommes, des armes et des munitions aux révoltés Espagnols; en voilà assez pour que ces troupes et ces munitions de guerre soient destinées pour aller au secours du général des fédérés de Paris, avec d'autant plus de raison que suivant cet oracle des combats, la paix n'est pas parfaitement établie entre le cabinet de Saint-James et le congrès américain. Une troisième enfin vous annonce à Charles-Town la brillante arrivée du frère de ce général, avec une suite nombreuse; et si on en croit son correspondant, il a compté les pièces d'or de ce roi de spectacle. Il en faut moins pour relever les affreuses espérances de ces conjurateurs nocturnes, et inquiéter les infortunés gobe-mouches qui les écoutent et craignent de les signaler, par la peur qu'ils ont des revenans. Cependant les incohérences sont telles qu'à moins d'être né d'une stupidité qui approche plus de la bête que de l'homme, on ne peut ajouter la plus légère croyance à des commentaires aussi contradictoires. Mais quand tout ce qui est arrivé était improbable, on doit prévoir tout ce qui peut arriver. Alors l'heureuse loi du 29 octobre dernier détruit les illusions de l'imagination, par l'arrestation des visionnaires, et par une surveillance plus active et plus particulière à l'égard de ces fonctionnaires subalternes qui parcourraient les villes et leurs dehors, à l'effet de procurer des signatures aux articles additionnels d'une constitution, dont les signataires n'ont jamais connu la date ni aucune de ses expressions; et de ces constitutionnels mitrés, qui prêchaient dans les cités et les campagnes de leurs prétendus diocèses, le parjure contre le Souverain légitime et la fidélité envers l'usurpateur. *Ex nobis prodierunt, sed non erant ex nobis; nam si fuissent ex nobis, permansissent utiquè nobiscum.* Cette surveillance est également nécessaire au respect de ces ennemis des Blancs, qui n'ont à la bouche la maxime favorite de l'auteur romain, *caritas humani generis*, qu'en faveur des Noirs : comme si avant eux, on ignorait qu'il n'y a de Negres et d'esclaves que ceux qui ont le cœur dépravé; de ces financiers, qui affectent de n'employer que des hommes qui se glorifient encore d'avoir autrefois porté les livrées des monstres dont le nom est une injure et la profession un opprobre; enfin de ces magistrats perfides qui au 8 juillet dernier demandaient ce que venait faire en France le meilleur des monarques, le plus instruit des souverains et le plus tendre des pères...Il venait vous pardonner, et la loi du 29 octobre dernier vous annonce que la liberté de vingt millions de Français est préférable à la vôtre.

« La liberté de la presse est respectée, sauf les » précautions nécessaires à la tranquillité publique. « Les Français ont le droit de faire publier leurs » opinions, en se conformant aux lois qui doivent » réprimer les abus de cette liberté. »

On a beaucoup crié contre la censure, on a répété jusqu'à satiété, et sous mille formes différentes, que c'était une tyrannie d'enchaîner la pensée ; mais on se rappelle que ces vociférations ne se sont fait entendre que lorsqu'on a voulu détruire la religion et renverser un gouvernement de quatorze siècles : on doit donc enchaîner la pensée, comme on enchaîne un furieux. On a le droit d'empêcher qu'on ne seme des plantes vénéneuses dans les terres, et qu'on ne jette du poison dans les sources : on a donc également le droit d'enchaîner la pensée d'un auteur qui veut publier un ouvrage dangereux, et de le punir si cet ouvrage est publié. La liberté finit là où l'on peut nuire à autrui. Il vaut mieux brûler un manuscrit pernicieux, que d'en punir l'auteur. Au reste, la déclaration du 2 mai 1814 et la charte du mois de juin suivant, ne parlent pas de censure à obtenir avant la publication d'un ouvrage: elles ne répriment que les abus, en défendant implicitement tous les écrits dangereux et contraires à la tranquillité publique ; et sous ce double rapport, les calomnies, les outrages, les injures et les libelles qui attaquent la religion et les mœurs, sont prohibés. Sans cette prohibition nécessaire, quelle femme honnête serait à l'abri de voir sa réputation compromise par les calomnies d'un forcéné, qui ne la punit le plus souvent que d'avoir été vertueuse? *homicidi genus, est famam impetere.* Quelle vierge ne serait pas exposée à perdre ce qu'elle a de plus cher, par la lecture d'un livre obscène, que le libertinage plus que la liberté a dicté à cet esprit dépravé? Quelle honte enfin ne rejaillirait pas sur la nation entière, qui garderait le silence, soit en voyant, soit en entendant, soit en lisant de sang-froid, les outrages prononcés, distribués, imprimés, débités et signalés contre l'autorité de son Souverain? Vous me direz que dès que la loi permet de poursuivre devant les tribunaux les injures proférées entre deux personnes sans éducation, on peut *à fortiori* poursuivre également l'auteur d'un propos séditieux, d'un acte outrageant ou d'un libelle atroce contre le premier magistrat de l'empire. Cette reponse me suffit, et je n'en exige pas davantage pour démontrer la nécessité d'une loi répressive de ces mêmes discours, de ces mêmes actes et de ces mêmes écrits, conforme à l'excellence du monarque et à la gravité du crime. Cette loi existe, c'est celle du 9 novembre dernier; et on peut la regarder comme une loi de bienfaisance, si on compare ses dispositions pénales avec celles de quelques autres qui presque toutes prononcent la peine de mort, lorsqu'il s'agit de crimes semblables. A Rome, les écrits diffamatoires et les injures personuelles étaient regardées comme des crimes par les lois des Décemvirs ; et ces crimes étoient punis d'une amende. Qu'il me soit permis de citer pour exemple de la sévérité française, la loi du 20 septembre 1793, relative aux cocardes. Cette loi ordonnait que les femmes qui ne porteraient pas la cocarde tricolore, seraient punies pour la première fois de huit jours de prison : « en » cas de récidive, elles seront déclarées *suspectes* ; » et quant à celles qui arracheraient à une autre ou » profaneraient cette cocarde tricolore, elles seront » punies de six ans de réclusion. »

Quelle tyrannie absurde pour un objet aussi méprisable ! Cette cocarde n'a jamais été précieuse à un bon Français, que le jour où l'ange de la paix a bien voulu l'accepter. Mais forcer une femme d'ajouter à la fleur qui orne sa tête, une décoration qui n'appartient qu'à celle d'un militaire, était plus qu'une inconvenance sans exemple. Punir de huit jours de prison l'infortunée qui l'aurait laissée sur sa toilette avec sa coëffure de la veille, était une mesure impardonnable et cependant pardonnée. Jetter dans la tombe des prisons la beauté inconstante dans ses modes, et déclarer la jeune étourdie *suspecte*, pour avoir placé dans sa chevelure une rose au lieu d'une maussade cocarde, était une atrocité farouche. On sait qu'à cette époque, le mot *suspect* était un appel de mort, ainsi que les termes de *Prêtre réfractaire*, *Émigré*, *Royaliste*, *Noble*, *Aristocrate*,

Modéré, *Feuillant*; *Fédéraliste* et autres, auxquels on a depuis ajouté ceux de *Chouan*, *Brigand de la Vendée*, *Salarié par Pitt et Cobourg*. Tout être à figure humaine, auquel on donnait un de ces noms proscrits, était destiné pour être *lanterné*, *fusillé*, *noyé*, *mitraillé*, *assommé*. Quel est celui qui, renfermé comme suspect, n'a pas été témoin de ces terribles exécutions, et n'a pas été comme nous plusieurs fois à la veille d'y figurer comme victime? *Profaner la cocarde du sang! Six années de réclusion!* Si ces expressions n'étaient pas écrites dans le recueil des lois du superbe siècle philosophique, on ne pourrait donner foi à ce rapport. La loi du 9 novembre ne force personne à porter la cocarde blanche, que l'on a toujours vue dans le chemin de l'honneur, et ne suppose même pas qu'elle puisse être profanée; mais elle ne veut plus de cette cocarde tricolore que l'on a trop-souvent rencontrée sur les routes qui conduisent au crime. Cette cocarde tricolore ne peut plus être qu'un signe de ralliement pour les ennemis de la monarchie; et malheureusement ils ont entre eux assez d'autres signaux inconnus, pour tolérer celui de l'offense la plus ostensible envers le Souverain. Nous ne sommes plus au tems des *Guelfes* et des *Gibelins*; les *Wighs* et les *Torris* se rapprochent: la saison des *Roses rouges* et des *Roses blanches* est passée; neuf siècles d'une lumière éclatante n'ont rien de commun avec l'obscurité d'un jour, et le lis généreux protège de son ombre la coupable violette.

Egalement nos pères depuis Clovis tenaient pour les fleurs de lis, et sur-tout depuis que Charles VI en 1380 les avait réduites à trois. Il ne faut pas que la passion d'un très-petit nombre de Français pour d'autres fleurs, puisse nuire à la beauté de celle que le plus grand nombre préfère. De même l'aigle des rochers stériles de la Corse, ne pouvant que rappeller les combats que sa rage a livrés au genre humain pendant quatorze ans, ne doit plus se présenter aux yeux des amans de la paix : ce serait de nouveau leur jetter le gand du combat, et allumer les brandons de la guerre civile. Il n'y a donc qu'un parti à prendre, pour ceux qui ne peuvent se passer de cette décoration affligeante, et ce parti est celui de la retraite. Depuis le lac Asphaltide, destiné pour l'équivoque sybille des factieux, jusqu'à l'île Sainte-Hélène occupée par leur général, les déserts et les sables de l'Asie offrent, ainsi que les forêts et les rochers de l'Afrique, un assez vaste champ à leur ambition et à leur humeur belligérante.

La décoration du lis que SA MAJESTÉ a bien voulu laisser à la disposition de quelques Préfets, n'est pas celle que Garcia VI, à la suite d'une maladie et pour le recouvrement de sa santé, érigea en 1048, sous le nom de Notre-Dame du lis, dans la ville de Naguerra. On ne peut pareillement l'assimiler à celle que Ferdinand, infant de Castille et depuis roi d'Arragon, institua en 1410, sous le nom de Vase de la Sainte-Vierge de Notre-Dame du lis, en Arragon, pour reconnaître le service que les grands lui avaient rendu dans la conquête d'Antequerra, où les Maures perdirent quinze mille hommes. Les Chevaliers de ces deux ordres faisaient le serment de défendre la foi, et d'exposer leur vie pour chasser les Maures du royaume d'Espagne. Il serait irréligieux d'exiger un semblable serment de tous ceux auxquels il est permis de prendre la nouvelle décoration, puisque plusieurs ne sont ni catholiques; ni même chrétiens; mais on pourrait leur faire contracter à tous l'obligation de défendre SA MAJESTÉ au péril de leur vie, contre ceux qui oseraient, soit appeller une autre dynastie que celle des BOURBONS, soit proposer une autre constitution que la charte constitutionnelle du mois de juin 1814. Le lis serait alors un véritable signe de ralliement, de reconnaissance et de réunion entre les véritables Royalistes; et le double de cet engagement serait déposé dans les archives de chaque préfecture. Quelques moroses voyent avec l'inquiétude de ce principe en politique comme en morale, *mutatio subita malum*, la décoration du lis indistinctement portée par le Royaliste prononcé qui l'a sollicitée, et l'esclave du Corse auquel elle a été offerte, par l'artiste et le vandale, l'homme religieux et l'exclusif de 1793 : cette promesse de fidélité et de dévouement les rassurerait, car il leur paraît impossible de concevoir des sentimens haineux pour le monarque dont on porte les armes chéries. On doit être vertueux avec la croix de Saint-Louis, courageux avec un HENRI IV, et toujours Royaliste avec un lis. Cependant ceux qui comme nous ont été oubliés dans la distribution de cette décoration, soit parce qu'ils n'ont point encore eu dans leur obscurité le bonheur d'être reconnus pour d'anciens serviteurs de SA MAJESTÉ, soit plutôt parce que les distributeurs dans quelques villes, ont voulu les punir par cette injustice, de leur fidélité et de leur constance dans la plus sainte des causes, doivent s'en consoler. N'ont-ils pas, les uns dans les conseils, et les autres dans les rangs, donné, sur l'évangile d'un Dieu fait homme, le serment de reporter à la famille de LOUIS XVI, l'attachement inviolable qu'ils avaient voué à ce monarque qui n'est plus, et dont on ne peut prononcer le nom sans répandre des larmes. Pardon, mais une bonne mère, une tendre épouse vivraient, si quelques années plutôt elles eussent entendu les chants de l'allégresse publique, et vu le symbole de la restauration française.

Quant à ces CRIS, toujours accompagnés de paroles outrageantes et de gestes menaçans, il était nécessaire de leur donner un terme consolant; et la loi dont nous nous occupons y a prévu. Qu'il VIVE l'ennemi des morts et des vivans, non pour réparer ses forfaits, puisqu'il est dans l'impuissance d'opérer le bien comme le mal, mais pour travailler à en obtenir le pardon du souverain juge des rois et des nations! Qu'il VIVE, mais que la France vive sans lui et hors de lui! elle a assez souffert d'entendre le souhait inutile d'une longue vie dans les cris d'une populace impie, pour exiger de ne plus l'entendre L'heure de la *criée*, expression moderne de la dernière scène révolutionnaire, était l'heure des allarmes, et malgré la modicité du salaire, sur lequel peut-être les instigateurs avaient eux-mêmes un bénéfice, chaque *cri de vie* en faveur du tyran était un *cri de mort* contre le plus bienfaisant des souverains, et son sujet fidèle et vertueux.

Il serait inutile d'insister sur la nécessité des moyens de répression ordonnés contre les discours et les libelles séditieux, puisque dans tous les gouvernemens ces discours et ces libelles ont été plus ou moins sévèrement réprimés, et que la loi du 9 novembre dernier n'est point une nouvelle doctrine, mais une répétition du code des nations, lorsqu'elles ont brisé les liens de leur antique barbarie.

La Légion-d'Honneur est maintenue, le Roi déterminera les réglemens intérieurs de la décoration.

Peuple, les horreurs du siècle qui n'est plus, font l'éloge de celui qui existe en ce moment; et les bienfaits de l'homme juste surpasseront, s'il est possible, les méfaits de l'homme injuste. Qu'il est à plaindre, celui qui, à la lecture de la charte, n'éprouverait pas les sentimens de la plus vive reconnaissance pour son auteur! L'indifférence doit le placer pour toujours au nombre de valets de l'assassin de M. de Gouault, fusillé, comme il a été dit ci-dessus, pour s'être décoré de sa croix de St.-Louis, quelques heures avant l'arrivée du successeur de ce saint Roi. Quel contraste! loin de témoigner la plus légère répugnance pour une décoration qui doit sans cesse renouveler à SA MAJESTÉ des souvenirs affligeans, sa générosité sait vaincre les émotions de son cœur, pour donner à cette décoration une illustration française, et lui enlever ce qu'elle peut avoir d'étranger à ses sujets, en lui accordant l'image sacrée du premier des BOURBONS. C'est rappeller en même temps aux légionnaires le courage qui leur a valu cette décoration, et leur indiquer, par l'exemple d'*Henri le Grand*, le vrai chemin de la chevalerie et de l'héroisme?

Les militaires en activité de service, les officiers et soldats en retraite, les veuves, les officiers et soldats pensionnaires conserveront leurs grades, honneurs et pensions.

Ainsi le licenciement qui s'opère en ce moment de paix, ne doit point effrayer le peuple sur le sort de ses enfans : leurs grades sont conservés de même que les pensions qu'ils ont obtenues; et en les rendant à leur famille, le souverain se réserve la satisfaction de réunir sous le drapeau sans tache ceux qui auront renoncé de bonne foi et à jamais à toute puissance usurpatrice et à tout retour vers la révolution; car on ne peut se dissimuler que si la bravoure a toujours distingué les militaires français, la fidélité a quelquefois reçu dans leurs rangs plus d'un échec. On a cru que ce licenciement inonderait les provinces d'un débordement de bandes redoutables, inhabiles au travail, indisciplinées et accoutumées au pillage, difficiles à désarmer et plus encore à contenir; le gouvernement qui prévoyait la possibilité de ce malheur, s'est empressé de le prévenir par des mesures tellement sages et prudentes, que c'est plus aujourd'hui une réorganisation générale et nécessaire de l'armée que son entière dissolution. Les cours prévotales sauront d'ailleurs dissiper ces réunions dangereuses à la société, dans le cas où elles se formeraient; et toute émeute, toute sédition serait sur-le-champ comprimée. Les pères de leur côté doivent imiter à l'égard de leurs enfans rentrés, ce qu'un gouvernement éclairé ne manque jamais d'opérer en temps de paix. Des travaux utiles occupent alors le soldat et le rend plus capable de soutenir les fatigues de la guerre, au lieu que la débauche et l'oisiveté des garnisons ne peuvent que l'énerver. L'homme inoccupé conspire, l'homme laborieux jouit de son travail et s'applaudit. Que de canaux et de ponts la France doit aux vainqueurs de Fontenoy! et c'est ainsi que la profession de soldat devient glorieuse et respectable.

Toutes recherches des opinions et votes émis jusqu'à la restauration sont interdites. Le même oubli est recommandé aux tribunaux et aux citoyens.

On ne sait, à chaque ligne de la charte, ce que l'on doit le plus admirer, ou la clémence du Souverain, ou déplorer l'endurcissement de quelques-uns de ses sujets Le premier sacrifie des justes ressentimens : et les autres ne se réconcilient avec leur maître trop indulgent peut-être, que pour l'outrager avec plus de sécurité : vils parodistes du plus lâche des empereurs que l'histoire livre à l'exécration des siècles, tout en baisant la main du César qui leur pardonne, ils méditent le coup qui doit le frapper. Cependant, lors de son premier retour en France, SA MAJESTÉ, qui aurait pu, sans injustice, appeller aux premières dignités ceux qui avaient parcouru la carrière de l'honneur et de l'infortune, et qui peut-être le tourmentaient par des plaintes exagérées et des demandes importunes, avait conservé dans leurs fonctions les agens du désordre public, sans se rappeller les délirantes opinions du plus grand nombre, et les votes impies du plus petit : tel on voit le soleil répandre les rayons de sa bienfaisance sur les bons comme sur les méchans. La providence ménageait ainsi les heureux retardemens employés à la réorganisation de la France, pour perfectionner la ligne de séparation nécessaire d'après les données du dernier acte révolutionnaire. Elle a permis le plus grand mal, pour en faire naître le plus grand bien. Il y aurait donc aujourd'hui plus que de la témérité à laisser en place un seul fonctionnaire *douteux*, d'après l'expression d'un ministre qui doit être cher aux hommes de bien. Les Français se connaissent tous depuis cette dernière épreuve ; il n'existe plus que deux classes dans la société, les bons et les méchans, de même qu'une seule vertu qui les renferme toutes, la fidélité, et un seul crime qui les réunit tous, le parjure. L'engagement contracté par cet article de la charte constitutionnelle a été rempli, ces hommes chargés de crimes et de décorations n'ont point été inquiétés, mais le parjure dont ils se sont rendus coupables, ne peut rester impuni : la société doit se mouvoir sur ses anciens ressorts ; et le peuple a été trop long-temps et trop de fois égaré, pour ne pas craindre de l'être encore par les mêmes personnages de cet horrible drame. Il est cependant permis de regrètter quelques grands talens qui auraient pu devenir utiles, si ceux qui les possèdent n'eussent pas préféré les chances de l'intrigue et les revers de la complicité, aux charmes d'une étude qu'ils pouvaient annoblir, et de l'amitié qui leur était offerte.

Les juges nommés par le roi seront inamovibles.

Louis XV avait donné la première secousse à la vénalité. Louis XVI l'avait totalement abolie, et Louis XVIII s'empresse de déclarer l'indépendance du pouvoir judiciaire, par l'inamovabilité des juges. La vénalité était devenue, à des époques difficiles, un moyen de se procurer de l'argent ; et l'état obéré sous François premier, eut recours pour la première fois à cet odieux moyen. Cette vénalité a commencé par les offices de judicature, sacerdoce aussi respectable et aussi éloigné de toute symonie que celui des ecclésiastiques. La vente d'une office était un échange de bassesse; et on devait s'attendre à voir souvent en place des gens sans capacité. Le pouvoir de protéger l'innocence, de punir le crime et de rendre la justice, ne devait point s'acheter comme on achete une métairie ou tout autre bien. C'était aliéner un des plus beaux fleurons de la couronne du prince, que de le priver du choix de ses magistrats. Dans les assemblées législatives, le peuple s'était emparé de ce choix; et il n'était pas alors surprenant d'y voir siéger des ouvriers, qui cependant ont eu le bon esprit de donner leur démission, lorsque leur salaire en assignats dépréciés ne pouvait suffire à leur cupidité. La convention depuis a accordé ce droit à son directoire, et par suite à son premier consul, qui n'exigèrent, comme le peuple, ni grades, ni certificats d'études particulières, ni même le plus léger examen des premiers élémens de jurisprudence. Cependant, pour rappeller aux Français quelques traits de leurs anciens usages, Buonaparte ordonna que les magistrats qui seraient nommés par la suite, justifieraient d'avoir suivi les cours des écoles de droit qu'il venait de recréer, et déclara jurisconsultes tous ceux qui l'avaient été révolutionnairement, même sans avoir jamais appris les premiers principes de la langue latine. Ces juges et les autres furent déclarés inamovibles et indépendans, par une de nos constitutions, dont je ne puis me rappeller la date; mais quelque temps après ne trouvant pas tous les magistrats également assez soumis à ses ordres tyranniques, le tyran se procura le plaisir d'une épuration, rarement nécessaire, mais toujours dangereuse, lorsque le caprice et la vengeance y président. Il suivit en cela l'exemple des clubs et du directoire, bien qu'il eût déclaré lui-même cette mesure contraire à tous les principes d'une saine administration. C'est au milieu de ces convulsions que la calomnie a beau jeu, et que l'on peut impunément frapper son ennemi dans l'obscurité d'une dénonciation mensongère, sur-tout lorsque ce malheureux ignore les motifs de sa destitution, et que toute défense lui est interdite. On connaît à ces traits le Prothée de la révolution française. Aujourd'hui les magistrats nommés par SA MAJESTÉ, n'auront plus à craindre de sa sagesse un pareil caprice, et de sa justice une expulsion imméritée; et le juge coupable n'aura plus à se plaindre de n'avoir point été entendu dans sa défense, mais à rougir d'avoir encourru les dispositions pénales des articles 27 et autres de la loi du 15—25 février 1810.

« La noblesse ancienne reprend ses titres, la nou-
» velle conserve les siens. Le Roi fait des nobles à
» volonté; mais il ne leur accorde que des rangs et
» des honneurs, sans aucune exemption des charges
» et des devoirs de la société. »

La France n'est plus au temps où un Lesdiguières, un d'Épernon et autres mécontens de la cour de Louis XIII, allaient se faire craindre dans leurs gouvernemens, et rendre avec usure à leurs vassaux les dégouts qu'ils avaient éprouvés au Louvre.

La cour de LOUIS XVIII est le séjour de la vertu longtemps aux prises avec le malheur, et toute noblesse aujourd'hui s'y perd par tout ce qui n'est pas vertueux. On ne doit donc pas être surpris, si le Souverain s'entourre des nobles qui ont partagé sa fortune, et qui lui ont donné, par le sacrifice de leurs propriétés, de leurs affections les plus chères, et de leur vie, les témoignages les plus signalés de leur fidélité. Eh! voudrait-on confier encore à des infidèles la garde de celui qui peut seul assurer le salut de la France, et fixer l'espoir des générations futures? J'ai dit plus haut que les nobles sont les colonnes d'un état, et je l'ai prouvé par la noblesse conservée jusques dans les républiques, et je le démontre par les érections nombreuses de ces duchés en Italie, en Allemagne et dans la péninsule. Buonaparte, pour se faire des créatures, ne se contentait pas de multiplier les emplois : il donnait des Majorats, comme le Grand Turc nomme des Timariots; avec cette différence que ces derniers ont l'avantage de possessions situées en Turquie. Si le Roi d'Angleterre accorde à un négociant le titre de comte ou de baron, personne ne refuse ce titre à ce négociant, et le Roi lui-même l'appelle *milord*. Sans parler de cette noblesse qui n'a pas besoin de dégénérer pour être ridicule, puisque *c'est une indigne entrée dans le corps de la noblesse*, dit la Bruyère, *que de l'acquérir par les finances*, je ne m'occupe que de la noblesse d'illustration, née avec le sentiment du courage, et l'élévation de l'ame. *Valeur et gloire* sont les synonimes d'Émigrés, *constance et dévouement* leur dévise, *honneur* ou *amour*, avec là demeure du monarque, leur mot de passe. Je ne puis mieux répondre aux reproches qu'on leur fait d'avoir abandonné leur patrie, au lieu de la défendre, que par le discours d'un roi, Gustave III de Suède, lâchement assassiné depuis par une fraction du Jacobinisme révolutionnaire. Après ce trait historique, si le peuple refusait encore à chaque Émigré décédé sur une terre étrangère, cette épitaphe destinée au prince Suédois, *non moritur virtus, non tumulatur gloria*, j'estime qu'il y aurait encore jour à désespérer de la restauration française.

« S'il s'agissait d'une patrie qui honore Dieu, qui » respecte le Roi, qui rend à chacun ce qui lui » appartient, qui observe l'ordre, qui pratique la » religion, qui maintient les bonnes mœurs, qui » punit les vices, qui récompense les vertus, qui » connaît la différence des conditions, les Émigrés » ont le plus grand tort du monde, et on ne peut » trop les punir. Mais s'il s'agit d'une patrie qui » prêche l'anarchie, qui travaille à l'établir, qui » pille à toute main, qui n'a plus de culte, qui » brûle les châteaux, qui démolit les temples, qui » calomnie, qui blasphême, loin que les Émigrés » soient de mauvais patriotes, ce sont des héros. »

On fait une objection plus spécieuse relativement

à l'hérédité ; et l'on dit: toute grandeur innée est le terme des talens, il faut donc la mériter. Les récompenses sont dues aux actions, et les places à la capacité ; le droit de commander et de primer ne doit plus être un effet de commerce. *Que sert à un bègue*, ajoute la Bruyère, *l'éloquence de son ayeul, et à un aveugle l'excellente vue de son père?* N'est-ce pas vouloir présenter aux dignités un impertinent, et donner aux armées des généraux inhabiles ? En perpétuant par des survivances les emplois dans les mêmes familles, c'est fixer dans les bonnes graces du Souverain des hommes qui peuvent se conduire mal, et substituer aux lumières et à l'équité, l'intrigue, l'adresse et la subtilité. Une seule réponse me suffit : l'héroisme des émigrés doit assez convaincre le peuple, que l'exemple d'un père noble force toujours son fils à l'imiter, ou lui inspire au moins l'horreur de dégénérer. Ce titre de noble produit un certain point d'honneur, que ne donne pas également toujours la roture. En tout d'ailleurs, il faut négliger les exceptions : en appellant à la pairie quelques fils de généraux morts au service, sous les ordres de Buonaparte, sans connaître quelles seront leurs dispositions à l'époque de l'âge requis par l'article 28 de la Charte constitutionnelle, SA MAJESTÉ fait l'honneur à tous ses sujets de les supposer tous susceptibles de partager avec son ancienne noblesse cette délicatesse de sentimens inséparable du rang de leurs pères. Observez encore avec l'article 71, que cette faveur ne leur accorde *aucune exemption des charges et des devoirs de la société*, et vous aurez la juste mesure de votre objection.

Je termine la première partie de cet écrit, que je n'ai eu ni le temps, ni les talens de réduire en quelques pages, en répondant aux reproches que l'on se permet quelquefois de faire contre la Charte constitutionnelle. Je promets plus de brièveté pour la seconde partie, qui ne peut intéresser qu'un petit nombre de lecteurs, à raison de la malheureuse indifférence que l'on porte aujourd'hui à la religion; cependant quelques citations heureuses et quelques anecdotes détachées d'un ouvrage entrepris sur l'histoire du dernier siècle, pourront me concilier leur approbation.

On dit que ceux qui ont intérêt à être bien gouvernés, doivent concourir à établir le gouvernement, et à se choisir un chef; mais on ne réfléchit pas que laisser au peuple le droit de se choisir un Souverain, c'est exposer chaque État à changer de dynastie au décès de chaque Souverain; mais on feint d'ignorer qu'à l'exception de quelques factieux, coupables adhérens du plus infame des tyrans, tous les Français veulent généralement la monarchie des Bourbons, enfans de St.-Louis et de Hugues-Capet; que l'on ne peut trouver ailleurs un gouvernement plus parfait que celui de Louis XVIII, et que c'est plus par orgueil et par opiniâtreté que par choix, que l'on regrette celui qui n'est plus, et qui n'aurait jamais dû avoir été. Je sais que l'animal à qui vous donnez un aliment pour lequel il n'a pas de goût, vous mord; mais je sais aussi que si cet animal est dangereux, on l'enchaîne et on le séquestre de la société des autres animaux qu'il pourrait gâter. Prétendre d'un autre côté que chaque homme a reçu de la nature le droit de concourir aux lois du pays dans lequel il est né, c'est également prétendre qu'il peut porter son droit partout; qu'il peut détruire et édifier, réformer et augmenter; et alors rien de stable dans la société, elle sera dans un mouvement perpétuel; et j'ai dit plus haut que cette situation constituait le plus dépravé des gouvernemens. L'homme concourt aux lois de son pays par l'exercice de son droit politique, et n'exerce ce droit politique que par les représentans qu'il se choisit. Mais on ajoute que le but de circonscrire dans un petit nombre le droit politique, rend ce droit illusoire, et que celui qui l'exerce ainsi, exerce une affreuse tyrannie. A cela je réponds que la participation aux statuts territoriaux doit être en raison de ce qu'on a dans le territoire; que le privilège des riches et des propriétaires n'est pas celui de l'orgueil sur la faiblesse, et qu'il ne peut contribuer à rendre plus heureux celui dont les facultés, ou n'ont point été cultivées ou ne peuvent atteindre le revenu que les articles 38 et 40 de la Charte constitutionnelle exigent. Il existera toujours dans les hommes deux conditions essentiellement différentes; celle de celui qui paye les secours qu'on lui rend, et celle de celui qui rend ces secours pour être payé. Si le riche a besoin des bras de l'artisan, l'artisan a besoin du paiement du riche, et alors le salaire de l'artisan est sa propriété. Si le riche dispose en souverain de ses richesses, de ses propriétés, l'artiste et l'ouvrier disposent en souverains de leur industrie, de leur activité. Le besoin raproche les hommes, les lie, les réconcilie s'ils sont divisés. Si les uns inventent et perfectionnent, les autres protègent et secourent: c'est un échange continuel de talens et d'argent. Il n'est pas jusqu'au pauvre lui-même qui, sans avoir apporté aucune mise dans la société, n'en partage les avantages. Mais tout homme qui ne peut pas dire, *j'ai une propriété*, doit être privé de son droit politique jusqu'à l'acquisition de cette propriété qu'il n'a pas. On suppose naturellement dans les riches et les propriétaires une éducation moins négligée, et un intérêt plus direct à la confection des bonnes lois. Cela est si vrai qu'à Rome, pour entrer dans le sénat, il fallait non-seulement, comme en France, être d'un âge mûr, articles 28 et 38 de la Charte, ce qui annonce une plus grande expérience; non-seulement être de l'ordre des chevaliers, mais posséder encore 500,000 sesterces, ce qui équivaut de 50 à 52,000 francs de notre monnoie...

Sed quadragentis sex septem millia desunt,
Plebs eris.

Dans les comices même, il fallait posséder 125,000 as, 3,250 francs pour être *classisci*; on était *infra classem*, lorsque la possession était moindre. Les prolétaires étaient ceux qui n'avaient pas 15,000 as, 25 à 26 francs ; les autres appellés *capite censi*, donnaient seulement leurs noms au censeur, et encore leur supposait-on 380 as., 6 à 7 francs. Je ne rapporte cet extrait d'Aulu-Gelle au peuple, que pour lui prouver que toujours et dans tous les gouvernemens, la fortune établit des distinctions entre les représentés et les représentans. Il est inutile d'ajouter qu'à Rome enfin, comme en France, article 25 de la Charte, le Roi avait seul le droit de convoquer le sénat, et que dans les temps de la république, ce droit était donné aux consuls, qui souvent ont abusé de leurs pouvoirs à l'égard des sénateurs ; puisque Jules-César, n'étant que consul, voulut faire conduire en prison l'austère Caton, et ne révoqua cet ordre odieux que lorsqu'il vit les sénateurs se lever, dans l'intention de suivre leur collegue. *Senatus consurrexit, prosequebatur Catonem in carcerem.*

On insiste, et l'on dit que la pauvreté n'a jamais été à Rome un obstacle à l'avancement ; que ces fiers Romains n'estimaient que la guerre et l'agriculture ; que pour entrer au sénat il fallait seulement éviter tout ce qui pouvait porter atteinte à la vertu ; que la gloire et l'infamie étaient les deux seuls mobiles du gouvernement romain ; qu'un sénateur faisait plus de cas de la réputation que de la vie ; que la richesse n'est pas toujours la compagne fidèle des talens ; qu'un *ricco ombre* peut ne pas être, sur-tout dans les circonstances, un homme probe ; que l'inscription sur le livre d'or est peut-être aujourd'hui le cachet du crime; que Cincinnatus n'avait que quatre arpens de terre ; que ce Regulus, que nos démocrates ont tant célébré et n'ont jamais imité, en avait tout au plus sept ; que le sénat lui-même fut obligé de doter la fille de Scipion, son collegue absent, de 11,000 as, parce que le père ne pouvait lui donner que 5,000 as, environ 550 francs de notre monnoie ; que Lepidus-Emilius fut cité devant le censeur pour avoir loué une maison 6,000 sesterces, 750 francs ; et que Fabricius fut rejetté du sénat, parce qu'il avait vingt marcs de vaisselle d'argent : ce qui par analogie ne suppose pas la nécessité d'être un riche propriétaire, pour être nommé membre de la chambre de MM. les Députés.

Il me sera facile de répondre, en disant que le sénat Romain se recomposait de tous ceux qui avaient exercé des magistratures curules, et qu'on ne pouvait exiger de ces derniers la même fortune que celle exigée des sénateurs pris dans l'ordre des chevaliers ; et que d'ailleurs MM. les Préfets sont autorisés en France de placer sur les listes des candidats, les citoyens qui, sans payer l'impôt ordonné par l'article 38 de la Charte, auraient rendu quelque service important. Toujours est-il vrai d'assurer que dans ce siècle de lumières, elles sont plus éclatantes dans les hommes fortunés, et que les propriétaires doivent un plus grand intérêt au gouvernement, et par conséquent doivent être préférés à l'infortuné qui ne possède que le faible talent de tracer sur un papier qui doit périr, quelques phrases utiles au peuple, dont il partage la mauvaise fortune.

Sur les articles 33 et 34 de la Charte constitutionnelle, on demande quelles seront les formes de l'instruction criminelle dirigée contre un Pair accusé de haute trahison ou d'attentat à la sûreté de l'état.

Cette question est oiseuse, puisque la chambre des Pairs ne peut être comparée, dans les fonctions qui lui sont confiées par ces articles, que pour des cas spéciaux et des personnes spécialement protégées par la Charte, qu'aux cours spéciales : avec cette différence que son arrêt de compétence, *proptèr dignitatem*, ne peut être décemment soumis à la censure de la cour de cassation. La loi du 15—25 décembre 1808 est donc suffisante, et toute demande à cet égard devient inutile.

On finit par objecter que les deux premiers pouvoirs, celui du Roi et celui des Pairs, peuvent se liguer et réunir leurs prérogatives contre le troisième qui n'en a pas.

Je ne peux apprécier la force de cette objection, car les Pairs n'ont pas plus de pouvoirs que les Députés, ni les Députés plus que le peuple qu'ils représentent. Il suffit qu'une loi soit refusée par l'une des deux chambres, pour être rejettée; et quant aux prérogatives de rang et de naissance, ils sont dans le rayon constitutionnel, et conséquemment à l'abri de toutes contestations entre elles.

Enfin j'entends la voix du crime qui me crie que toute nouvelle constitution doit s'humilier devant celle de 1791, qui seule peut fixer le bonheur de la France. Peuple, vous avez fait la triste expérience de cette odieuse rapsodie des œuvres des Hobbes, des Rousseau, des Bayle et autres législateurs de cette force; vous êtes à même de prononcer sur la faiblesse de leurs disciples, car je ne pourrais que vous renvoyer à ce qui a été écrit de solide sur cette constitution. Cependant je vais vous rappeler en peu de mots le résumé des opinions qui ont été émises à cette époque.

Toute constitution qui ne rend pas à Dieu ce que l'on doit à Dieu, à César ce qui appartient à César, et qui, pour se soutenir, a besoin de piques, de poignards, d'incendies et d'assassinats, est un ouvrage de ténèbres: vous ne pouvez me nier ces effets de la constitution de 1791, et vous ne pourrez dans un instant ne pas en reconnaître la cause. On n'y voit rien concernant la Divinité; et l'être suprême qui s'y trouve placé, on ne sait comment, n'est autre chose que le sommaire du poëme de Lucrece sur *la nature*. On y lit les droits de l'homme dans un langage métaphysique, et ses devoirs essentiels y sont oubliés. L'égalité est proclamée, et on nous ordonne d'obéir à des supérieurs méprisables, et nous sommes forcés d'admirer des inégalités jusques dans la nature. La liberté qu'on nous annonce n'est qu'une licence effrénée pour les uns et un esclavage honteux pour les autres. La résistance à l'oppression arme le peuple contre le monarque, qui n'a que l'ombre de la souveraineté. Il est en tutelle chez ses propres sujets, ne peut gouverner qu'en leur nom, puisque toute souveraineté reside dans la nation, et n'a pas même le droit de leur pardonner. Les rangs y sont confondus; et le mérite, cette chose du monde sur laquelle Paschal dit qu'il est si facile de se tromper, reçoit toutes les distinctions jusqu'à ce qu'il s'évanouisse. Les assemblées nationales y sont permanentes, et vous savez qu'alors c'était un poids énorme pour l'état. La voie des élections à toutes les dignités ouvre la porte à toutes les cabales, et vous vous rappellez les monstres dont vous avez fait choix, que vous avez enrichis, décorés, et qui vous insultent continuellement par leur luxe révoltant, et vous assassinent encore journellement par les poisons de leur doctrine. Le Roi, dans cette constitution, n'est que le dernier des Français, tout s'y fait au nom de la nation, de la loi et du Roi; une consécration de dix-neuf siècles ne peut s'y conserver; la religion de nos ancêtres y est disparue; le monarque peut choisir la secte qui convient à son caprice, et même n'être d'aucune : le titre de *Fils aîné* de l'église, de Roi *très-chrétien*, accordé à Louis XI par Paul II, n'est qu'un hochet de l'enfance des siècles ; les dépôts sacrés sont violés, les testamens sont détruits, et les privilèges les plus respectables y sont déclarés abusifs ; le Roi n'a pas même le droit d'augmenter le nombre de ses gardes, de faire un testament, d'indiquer un régent, de changer ou d'abroger des lois détestables, et de s'opposer à des réglemens pernicieux que l'assemblée aura dit être constitutionnels.

Ce chef-d'œuvre est daté de la première année de la liberté : on aurait pu également le dater de la troisième année de la servitude du peuple français et du triomphe des oppresseurs qui se sont élevés de la poussière de ce peuple qui *aut servit humilitèr*, dit Tite-Live, *aut superbè dominatur.* Je me demande quel rang tenait autrefois parmi les nations notre antique monarchie, et de quelle considération elle a joui depuis. Polybe me répond que les Rois de la terre ne voulaient que nos ancêtres pour arbitres de leurs différends ; Amnien-Marcellin écrit que notre nation était le réfuge des Rois et des peuples malheureux ; son urbanité invitait les étrangers à venir s'y fixer. Saint-Jérôme assure qu'il n'était jamais sorti un monstre de notre pays. L'autorité de nos Rois était héréditaire, et nos ayeux passaient *pour en être les adorateurs*. Leur attachement était si grand qu'ils ont toujours rejetté la forme républicaine, qui leur a été plusieurs fois proposée, *n'y trouvant* au grand étonnement des romains, *qu'une liberté chimérique, sujette à de plus grands inconvéniens que la monarchie.* Si quelquefois elle dégénère sous un Roi faible, elle se relève promptement sous un grand Roi. Le revers de cette médaille est désolant. On y voit un peuple d'imbécilles qui s'est laissé décimer pour l'avantage d'une poignée d'intriguans, un peuple d'esclaves sacrifiés aux passions de quelques aventuriers, qui se sont emparés de l'autorité, des dignités et des richesses de ce peuple. Colombes gémissantes sous les griffes de tous les vautours, il ne reste aux Français que la misère la plus profonde : une dette immense à payer, un crédit perdu, un commerce anéanti, des propriétés incendiées : les travaux ont cessé, les denrées de première nécessité sont à l'arbitraire des frippons, et pour se procurer l'aliment le plus grossier, plusieurs sont obligés de vendre à vil prix le dernier vêtement qui couvre leur nudité. Peuple ! telle est votre situation, mais jettez un coup-d'œil sur la condition de ceux qui, sortis de vos rangs, n'ont été qu'audacieux et criminels, et rougissez du contraste désolant qui existe entre vous et vos orgueilleux égaux. Leurs familles n'ont point éprouvé les horribles chances de la conscription : toujours quelque poste lucratif éloignait du danger leurs fils arrogans. Celui qui n'avait qu'un échoppe au milieu de vous, selon la saison, habite plusieurs châteaux ; le fils du brocanteur transpire ses forfaits dans une alcove voluptueuse ; le porte-sac a des écuries pour ses chevaux et des remises pour ses équipages ; l'enfant du cocher des princes promène son indolence dans un char plus somptueux que celui de ses maîtres ; le recors exige de l'excellence, et le cabaretier de Cahors s'est assis sur le trône des Rois. La noblesse de cette profession, qui ne connaît pour salaire de ses pénibles études que l'honneur, n'a pu mettre à l'abri de nos reproches ses coupables déserteurs. La cupidité a corrompu les talens de quelques avocats, et les banques étrangères ont reçu l'or du crime, tandis qu'un modeste tiroir devait seul recueillir la récompense légitime d'un travail toujours utile et souvent bienfaisant. Puisse le grand nombre de ceux qui ont été fidèles à leur serment, effacer du registre de l'histoire du barreau français les noms de quelques parjures ! Au lieu de prononcer ces grands mots de liberté et d'égalité, qui ont enfanté tant de servitudes et d'inégalités ; au lieu de parler de patriotisme, travaillons plutôt à retrouver notre patrie pour l'aimer, pour jouir d'une sage liberté, à l'ombre de la Charte que Sa Majesté a bien voulu nous accorder, et pour acquérir les vertus simples et tranquilles d'un bon Français. Nous avons trop longtems déliré, pour ne pas nous égarer encore. *Facessant omnes qui docere nihil possunt, quo meliùs sapientiùsque vivamus.* Hortensius.

SECONDE PARTIE.

La liberté des cultes, a dit la Bruyère, ressemble au plus riche magasin. Tout est si beau, qu'on reste indéterminé sur le choix du bijou que l'on veut acheter. Le grand nombre des objets vous rend indifférent ; vous les désirez tous, aucun ne vous fixe, et vous sortez sans emplette. Tel est depuis plus d'un siècle, je ne dirai pas le génie des Français sur l'article de la religion, mais celui de l'Europe entière. L'incrédulité s'est élevée au-dessus du trône des Rois qui ont protégé son audace, et ont partagé son fanatisme. Les Souverains n'ont connu la nécessité d'une religion réprimante, que lorsque les peuples, après avoir renversé les autels consacrés à la divinité de leurs ancêtres, se sont permis de murmurer contre leur pouvoir légitime, et de proclamer l'insurrection comme le plus sacré de leur droit et le mieux rempli de leurs devoirs. La France, qui avait outragé le Dieu de ses pères, s'est dite autorisée à se livrer avec la même impudeur à se révolter contre son Souverain. La révolution française a semé, au milieu des nations que sa rage a appellées dans son sein, l'indifférence la plus prononcée contre toute espèce de religion ; la philosophie de la cour du régent n'est revenue de son voyage au nord que pour endoctriner de nouveau ses sectaires, et Dieu veuille que parmi nos dépouilles, les trouppes alliées n'y joignent pas nos crimes et nos malheurs. Plusieurs nobles en France avaient donné au peuple l'exemple de cette indifférence, en s'empressant d'acheter les biens de l'église; et par cet oubli irreligieux se sont exposés eux-mêmes à la vente de leurs propres biens. Les capitalistes et les négocians, acquéreurs des domaines de la noblesse, ont éprouvé à leur tour la perte de leurs richesses par le *maximum*, et tous les Français innocens ou coupables, ont été attaqués dans leurs propriétés par la voie des réquisitions : tant il est vrai qu'un édifice ne peut manquer d'être renversé, si les fondemens sont ébranlés.

Les souverains devraient être convaincus plus que jamais, que sans religion ils ne peuvent, ainsi que les penples, trouver le vrai bonheur. *Religionis præcepta de justis probisque moribus si simùl audirent atque curarent reges terræ et omnes populi, terras vitæ præsentis ornaret suâ felicitate respublica, et vitæ æternæ culmen beatismè regnatura conscenderet.* S.T-AUGUSTIN.

La liberté des cultes a été décrétée à une époque où la France ne voulait aucune religion, parce que la sienne était un reproche continuel de ses erreurs. Une constitution impie a donc succédé à l'évangile d'un Dieu de paix, et les parjures appellés par cette constitution, ont remplacé les apôtres de la monarchie très chrétienne. Buonaparte crut avoir tout fait pour la religion, en permettant aux fideles de se réunir dans leurs temples, sous la conduite des ministres de son choix; mais rien de consolant au-dedans, puisque tout au-dehors avait l'air d'un pays sans culte et sans religion. Cependant la religion de l'État s'était conservée pure dans la famille d'Henri IV et de Louis XVI, ainsi que dans le cœur du plus grand nombre de leurs fideles sujets; à son arrivée au milieu d'eux, Louis XVIII s'empressa de suivre l'exemple que ses successeurs également pieux, également bons, lui avaient donné : le premier, dans son édit de Nantes, et le second dans celui qui fixait l'état civil des protestans de son royaume. Ce sont donc encore les trois meilleurs Bourbons qui ont procuré aux Français le plus grand bienfait de cette tolérance civile que leur religion autorise, pourvu que le dépôt sacré de ses vérités soit conservé et transmis dans toute sa pureté. Cette mesure était plus nécessaire au cœur de Sa Majesté, qu'au besoin de ceux auxquels toute religion est importune. En disant que *chacun professe sa religion avec une égale liberté, et obtient par son culte la même protection*, le Souverain a bien soin d'ajouter que *la religion catholique, apostolique et romaine est la religion de l'État.* C'est où se borne le triomphe de l'incrédulité, car le père des Français s'est également rappellé qu'il était, ainsi que Henri IV, le petit fils de St.-Louis, puisque le dernier des enfans mâles de ce saint roi, Robert de France, avait épousé en 1271 Béatrix, fille unique de Jean de Bourgogne et d'Agnès de Bourbon; et que Louis II de nom, comte de Clermont et duc de Bourbon, par lettres-patentes de 1400; avait ordonné qu'au cas qu'il n'eût point d'enfant mâle, son duché de Bourbon appartiendrait à la couronne de France. Si les philosophes qui ont tenté de placer sous leur bannière l'auteur de l'édit de 1598, bien qu'il fût *roi très-catholique et catholique romain*, comme il l'assure dans son discours au parlement de Paris, et comme sa conduite envers l'église et son chef l'a plus d'une fois démontré (*), voulaient également jetter la même défaveur sur les articles 4 et 5 de la Charte constitutionnelle; le *fils aîné de l'église, le roi très chrétien* leur répondrait par son ordonnance royale du 18 novembre 1814; et sa piété soutenue leur demanderait ce qu'il pouvait faire de mieux dans les circonstances en faveur de sa religion, qui est en même temps celle de l'Etat.

D'un autre côté, si quelques malveillans tentaient, sous un faux prétexte de religion, de s'opposer à la liberté des cultes, malheur alors aux cités qui accorderaient un asyle à de tels scélérats. La religion, ainsi que la vertu, est un commerce de bienfaits, et ne veut point de sang pour calmer un

---

(*) V. *Discussion historique sur ce point intéressant de la vie de* HENRI *IV*, imprimée en décembre 1814, chez ADRIEN ÉGRON, imprimeur de S. A. R. Monseigneur le duc d'Angoulême, rue des Noyers, n.° 37, à Paris.

Dieu clément, ni de nouvelles victimes pour appaiser la colère d'un Dieu de paix. Prétendre détruire les erreurs par la violence, et priver la minorité de sa liberté de conscience, c'est exposer la majorité à ne pas jouir longtemps de cette liberté. La Divinité seule a le droit de punir les erreurs qui lui déplaisent, et c'est usurper un droit divin, que de s'ériger en vengeurs des offenses faites à la religion. *Vis Deum propitiari, bonus esto : satis illum coluit, quisquis imitatus est.* La foi se persuade, et ne se commande pas. Il en est de la religion comme de l'amour; il ne dépend pas de nous de croire ou de ne pas croire, d'aimer ou de ne pas aimer. *Optimus animus, pulcherrimus Dei cultus.* Nous devons, dit M. de Fits-James, évêque de Soissons, regarder les Turcs comme nos frères; notre foi a besoin peut-être de l'incrédulité du juif, et ce n'est pas à ceux qui ont l'héritage du père de haïr ceux qui ne l'ont pas. Aucune religion n'a commandé d'ôter la vie à celui qui ne voudrait pas de cette religion. Il faut donc nous contenter d'honorer la Divinité, et ne pas la venger; soyons intimement convaincus que ni Dieu, ni le bon prince qui nous gouverne, ne veulent l'un et l'autre d'un culte forcé, d'une obéissance servile. *Non colitur, nisi amando.* Ainsi laisser impuni le crime dernièrement commis à Nismes, serait ouvrir le vaste champ à la calomnie des méchans, qui tentent encore de désoler la France. Ils ne manqueraient pas de dire que si Constantin a commencé par donner un édit qui permettait toutes les religions ; il a fini par devenir lui-même un persécuteur. En insérant dans la Charte constitutionnelle que *les Ministres de tous les cultes chrétiens recevraient leur salaire du trésor royal*, SA MAJESTÉ n'entend certainement plus faire de la France un pays d'obédience, ni la livrer au système impolitique des deux puissances. Si les mesures prises pour découvrir l'assassin de Nismes réussissent, à coup sûr on verra qu'il n'est ni bon catholique ni bon Français ; mais ou l'ennemi particulier d'un homme de bien, ou celui du plus sensible des Souverains, dont il a flétri le cœur dans le plus avantageux de ses bienfaits, celui qui le flatte le plus, en assurant à nos consciences cette liberté qui suffit pour embellir les déserts et rendre fertiles les rochers des pays qu'elle habite.

Après avoir donné à la tolérance civile l'éloge qu'elle mérite, il doit m'être permis d'exiger pour la religion de l'état le culte qui lui est si nécessaire dans les circonstances. M. le directeur de la police générale du royaume avait donné, le 7 juin 1814, une ordonnance concernant l'observation des dimanches et des fêtes, qui a reçu dans le tems la plus sensible improbation. Ce magistrat n'avait cependant proclamé que ce que les anciennes ordonnances de nos rois, un arrêt de réglement du 4 août 1746, l'ordonnance rendue par M. de Sartines, l'un de ces prédécesseurs, le 29 octobre 1760, et le réglement du 8 novembre 1782, contenaient de précieux à cet égard. Mais les circonstances n'étaient pas favorables à la publication de cette ordonnance; et M. le directeur lui-meme ne pouvait se le dissimuler. C'est peut-être par ce motif d'inconvenance qu'en invitant, article 13 de l'ordonnance sus-référée, MM. les préfets, sous-préfets et maires de donner des ordres aux juges de paix, pour qu'ils tiennent la main à l'exécution de cette ordonnance, M. le directeur avait tacitement indiqué à ces magistrats, que si les amendes anciennes, dont il n'avait pu se départir, n'étant point législateur, étaient au-dessus de la fortune actuelle des contrevenans, ils pouvaient se conformer aux lois conservées des 29 novembre 1808 et 2 mars 1810, qui ne leur permettaient de prononcer que de légères amendes depuis un franc jusqu'à cinq pour la première fois; et depuis cinq jusqu'à quinze en cas de récidive. Il faut observer avec reconnaissance que la liberté d'un Français paraît tellement chère à M. le directeur, que l'ordonnance abrogée du 7 juin 1814 ne demandait dans aucun cas l'emprisonnement.

Je n'ai pas l'honneur de connaître M. le comte Beugnot, mais sa circulaire du même mois de juin 1814, sur *l'insitution libérale de la police actuelle*, commandait peut-être le silence sur l'ordonnance du même mois, qui n'exigait que quelques observations personnellement adressées à ce magistrat. Cette circulaire respire l'amour respectueux que tous les bons Français partagent avec son auteur pour Sa Majesté. Comment ne pas se concilier tous les suffrages, en assurant que *le Roi ne demandera jamais de service, qui puisse coûter un scrupule à la conscience et une hésitation à l'honneur;* en écrivant qu'aujourd'hui la salutaire destination de la police *est celle de prévenir les délits, pour se dispenser de les punir;* de tendre *à tourner les esprits vers ce qui est honnête et bon*, de les ramener *par des persuasions paternelles*, et en un mot *de faire aimer le prince en le faisant connaître.* Le fonctionnaire qui tient ce langage du sentiment, force l'estime de tous les hommes vertueux, et doit mépriser la censure des méchans.

Cependant nos rois, depuis Childebert, en 544, avaient rendu sur la religion, des ordonnances sages et précieuses, qu'il était utile de coordonner aux circonstances, pour rappeller le peuple à cette respectable antiquité, dont ils sont les tuteurs légitimes et les justes défenseurs. *Nos tutores sumus vetustatis et vendices,* dit la novelle 19. C'est par suite du pouvoir qu'ils ont reçu de Dieu, dont ils ont promis de faire respecter le culte, que Sa Majesté, le 18 novembre 1814, a présenté au souvenir de ceux qui les avaient oubliés, les anciens préceptes civils qui concernent la religion de la France, avec les modifications qu'il a cru nécessaires à leur faiblesse ou plutôt à leurs dernières habitudes, *ob duritiem cordis.* Qui donc, après une aussi grande modération, oserait encore élever le plus léger murmure! L'incrédulité aurait-elle atteint l'odieuse époque de la prescription? Louis XVIII, selon cette belle pensée de Tertulien, ne serait-il plus le second après Dieu, auquel nous devons obéir? *Homo à Deo secundus, et à Deo solo minor.* Les lois nouvelles pour avoir été adoptées par les deux chambres, n'en sont-elles pas moins ce que les jurisconsultes appellent *opus oratione principis cautum ;* et le sage Pomponius n'aurait-il avancé qu'une flagornerie inutile, dans son origine des lois, en écrivant : *omnia manu à regibus gubernantur?* Pour avoir laissé sous nos yeux outrager jusqu'à la brutalité le chef de notre église, ne serions-nous plus les enfans de la vérité, et serions-nous encore les esclaves du mensonge? En se reportant à l'édit du mois d'avril 1598, Sa Majesté nous a dit comme le bon Roi dont elle est le petit fils, et dont, je me plais à le répéter, elle est également au moral l'image par la révolte de ses sujets, par la faiblesse du plus grand nombre et la bonté dans le pardon général qu'elle accorde à ceux qui sont revenus sincèrement à elle : « je suis roi berger, je ne veux » pas le sang de mes brebis ; mais je veux les ras- » sembler toutes auprès de moi, et défendre avec » elles le culte que l'on doit à la Divinité. »

Je ne parlerai pas des capitulaires de nos premiers Rois, que MM. les sçavans peuvent consulter dans la collection d'Etienne Baluze; mais en rendant l'édit de Nantes, 1598, Henri IV n'a point abrogé les ordonnances d'Orléans et de Blois, janvier 1560 et mai 1579, qu'il avait plutôt renouvellées, en ce qui touche la religion, par ses lettres-patentes d'octobre

1592 et 22 septembre 1595. J'ai cependant entendu avec regret des plaintes sur l'ordonnance royale dont il s'agit, et il ne m'a pas été difficile de répondre à l'unique objection fondée sur ce que la Charte constitutionnelle autorise l'exercice de tous les cultes, par l'exemple d'HENRI LE GRAND. En effet, de ce que la liberté des cultes est garantie, il ne peut en résulter qu'il n'est dû de protection qu'à l'absence de tout culte, et qu'il soit défendu d'accorder la plus légère faveur à celui que professe le chef de la nation et la grande majorité de cette nation. La haine des méchans pour la religion catholique, et l'indifférence de ceux qui se disent incrédules sont telles, que l'on verrait bientôt, comme on l'a vu autrefois, des salles de danse s'établir dans le voisinage des temples et des églises, et des marchands de chansons ordurières le disputer de voix aux chants religieux. Il serait donc ridicule d'assurer l'exercice de tous les cultes, de tolérer même l'absence de toute religion quelconque, et d'excepter de cette garantie, comme on l'a fait, le seul catholicisme. Ce serait encore traiter *d'infame* cette divine religion, et donner lieu une seconde fois aux abominables excès de 1793. J'aime mieux croire que nos frères les Protestans, religieux et désabusés, auront applaudi à la douce piété de notre monarque, et aux mesures qu'il vient de prendre contre leurs trop coupables ennemis : leur conduite à cet égard est digne des éloges de l'histoire. Il faut aussi espérer que dans peu leurs Saurin n'auront plus tant à déplorer les maux de l'irréligion, et à redouter les dangereux écrits d'une philosophie aussi anti-sociale qu'anti-chrétienne. L'observation des dimanches leur est commune avec nous, et nos fêtes sont en trop-petit nombre aujourd'hui pour n'être pas tolérées. (*) On sait qu'en Angleterre, à Geneve et partout où le culte du Christ est adopté, et où tous les cultes sont également permis comme en France, on verrait avec mépris, et l'on punirait l'habitant qui, au-lieu de se rendre à son temple, affecterait, à l'heure des offices, de se livrer *publiquement* à sa profession, à son commerce, et sur-tout à la dissipation et à la débauche. Le disciple de Mahomet, en se plaignant de ne trouver aucun Anglais sur le *Northumberlan*, qui voulût faire sa partie les jours de dimanche, a donné une forte démonstration en faveur de la police qui doit être exercée sur cette matière. Il est donc impossible de calomnier sans la plus affreuse perfidie, les intentions religieuses et pacifiques de SA MAJESTÉ, dans

---

(*) Buonaparte avait ordonné que le premier jour de l'an serait fête nationale, destinée aux devoirs de famille et de société, mais il n'avait rien prononcé en faveur de la religion. Cependant si les hommes s'empressent de recevoir et de rendre des visites, que l'usage, l'intérêt ou l'affection autorisent, pourquoi ne pas commencer l'année par les témoignages de respect et d'amour qu'ils doivent à l'auteur de la vie, que des enfans doivent à leur père et des sujets à leur Souverain ?... C'est que cet homme audacieux exigeait pour lui seul l'encens qui n'est dû qu'à la Divinité.

l'ordonnance mitigée du 18 novembre 1814... Il serait seulement peut-être nécessaire de changer certains agens de police, qui soit par mépris pour la religion, soit par haine pour le nouvel ordre, tentent de le faire détester, en exerçant leur surveillance avec la même sévérité inquiete que s'il s'agissait encore d'une fête décadaire.

Sans recourir aux preuves incontestables du célébre Abbadie, voici ce que le philosophe Hobbes, page 47 de son *traité de la nature humaine*, écrit sur la nécessité d'un culte. « La raison me fait comprendre que si Dieu n'avait pas besoin du culte des hommes, nous n'en devons pas moins lui rendre un culte et lui adresser nos prières et nos actions de graces, car il est notre père et un bon père. La raison me fait aussi comprendre qu'un père juste doit récompenser et punir. »

M. Formey, secrétaire de l'académie de Berlin, parle ainsi dans son *abrégé de toutes les sciences, à l'usage des enfans*. « J'ose le dire à la honte du siècle où nous vivons, on n'en a vu aucun pousser aussi loin le mépris de la religion et des choses saintes; on n'en a vu aucun donner un pareil cours aux sophismes de l'erreur et de l'incrédulité, applaudir aussi ouvertement aux excès de l'impiété et du libertinage. Ces funestes dispositions gagnent avec toute la rapidité d'un mal contagieux. »

Concluons donc avec tous les chrétiens instruits qu'il est essentiellement utile de rappeller nos anciennes ordonnances sur la religion et sur les mœurs. Le héros de Fontenoy, le vaillant Maurice, comte de Saxe, ne manquait jamais d'envoyer ses domestiques catholiques à la messe de la paroisse de Chambord, lieu de sa dernière résidence; et il y a tout sujet de croire que les maréchaux de la Force et de Châtillon avaient les mêmes attentions pour leurs gens: puisqu'à sa mort, Louis XIII, en les félicitant de leur zèle à cet égard, leur disait que Dieu ne leur avait accordé une longue vie dans ce monde, que pour assurer leur bonheur dans l'autre par une conversion si souvent demandée.

Les Juifs sont trop scrupuleux observateurs du sabbat, pour se plaindre d'une ordonnance si paternellement opposée à la rigueur des préceptes de Moyse. *Custodite sabbatum meum, sanctum est enim vobis. Qui polluerit illud, morte morietur. Qui fecerit eo opus, peribit anima illius de medio populi sui.* Ils apprêtent la veille leur nourriture, et ne se permettent aucune occupation de négoce et de ménage.

Quant aux esprits forts, s'il faut les désabuser encore sur de prétendus principes d'intolérance, qu'il se plaisent à dénaturer depuis un siècle, j'ajouterai avec Locke, à ce que j'ai dit plus haut, que *ce serait une hospitalité bien féroce, que d'employer le fer et le feu, pour obliger un ami de pren-*

dre part à un banquet; que tel est l'esprit de l'ordonnance du 18 novembre 1814; que SA MAJESTÉ nous ayant laissé l'usage de nos habitudes révolutionnaires, en ce quelles seraient conformes à l'honnêteté publique, l'histoire pourra lui appliquer avec justice ce que Pline écrivait à Trajan: *Amisenorum civitas beneficio indulgentiæ tuæ legibus utitur;* et qu'ainsi le *compelle eos intrare* de l'évangile n'est plus et n'a dû toujours être que dans la persuasion et dans l'exemple. Personne n'ignorait, avant la naissance de leur patriarche, que la superstition est à la religion ce que l'astrologie est à l'astronomie: *la fille insensée d'une très-sage mère.* Lactance avait dit avec plus d'éloquence, que la religion n'était pas l'ouvrage de la crainte, mais du sentiment; l'effet de la force, mais de la conviction. *Vouloir la défendre par la violence*, ajoute ce père de l'église, *ce n'est plus la défendre, mais la compromettre, mais la souiller.* Un de leurs heureux déserteurs, M. de la Harpe, dont je me plais dans cette partie de mon écrit à copier souvent les expressions, leur a dit que si la révolution ne les avait pas corrigés, il leur était permis de ne pratiquer aucun culte, et de déraisonner *dans le silence* tout à leur aise: pourvu qu'ils conviennent que celui qui porte trouble à l'ordre public, doive être puni.

S'il en coûte à MM. les incrédules d'abjurer leur impiété, on peut au moins leur rappeller le conseil échappé au plus éloquent de leurs oracles. « Gardons

» l'ordre public, dit l'auteur d'Emile, dans tous » pays respectons les lois; ne troublons pas le culte » qu'elles prescrivent, ne portons pas les citoyens » à la désobéissance, car nous ne savons certaine- » ment pas si c'est un bien pour eux de quitter leurs » opinions pour d'autres, et nous savons très-certai- » nement que c'est un mal de désobéir aux lois. » Peuple, cet aveu d'un homme instruit détruit vos illusions passées, et répond à vos doutes. Quand la religion n'est plus écoutée, qu'elle n'est plus un frein à opposer aux passions humaines, et quand son culte n'est plus celui du cœur, il faut une loi pour la faire respecter; et d'après le savant Domat, *moins la religion sera réprimante, plus les lois civiles doivent réprimer*. La véritable liberté, la seule qui soit à désirer, ne s'acquiert alors que par le sacrifice de l'indépendance. On ne peut donc être libre qu'avec les lois, jamais sans elles et contre elles.

A la vérité, le titre de *philosophe* se donne à si bon marché, que tout le monde se flatte de pouvoir y prétendre, écrivait un de leurs amis, M. Grimm, quelques années avant la révolution. Il ne faut pas de grands efforts pour l'obtenir, et les chûtes ne sont ni dangereuses, ni sensibles dans cette carrière. Il n'y a pas aujourd'hui d'homme de tribune, qui ne se croie obligé en conscience d'éclairer le genre humain sur ses véritables intérêts; et sans l'humeur violente du colosse que la Providence vient de renverser, plus d'un de ses esclaves eut été tenté de lui enseigner la meilleure manière de conquérir le globe, et d'établir par-tout sa terrible domination.

Les philosophes ont tout vu, dit l'abbé de Mably, dans son livre de la *législation* : ils ont tout examiné, tout généralisé. Ils n'ignorent rien, et trainent après eux mille petits beaux esprits qui, pour faire du bruit, et sortir de leur obscurité, se hâtent de débiter quelques impiétés triviales (*). A leur suite, arrive pèle-mèle une foule de femmes galantes, plus ou moins philosophes, suivant qu'elles ont eu plus ou moins d'amans. Pour ne rien craindre, on ne veut rien croire, et pour parvenir à être tranquille, on s'efforce à se persuader qu'on est incrédule. Ecoutez-les, ils sont plus instruits que les solitaires de Port-royal, plus éloquens que Bossuet, plus tolérans que Fenélon, et enfin plus citoyens que Turenne

---

(*) On peut citer celle sur *le figuier maudit*, que chacun de ces Messieurs ne manque jamais de rappeller; et l'on doit leur dire que la saison des figues est le tems où on les cueille, comme la saison des raisins est l'époque de la vendange. Ainsi ne point trouver de figues, ne point trouver de raisins un mois ou deux avant la saison de les cueillir, c'est annoncer un figuier sans figues, une vigne sans raisins, à une époque où l'on ne peut soupçonner qu'ils ayent été récoltés, et ordonner ou prédire sa destruction. *Si la lecture de la bible confond celui qui veut être savant, elle console celui qui ne veut être qu'un homme de bien.*

et Condé. Eh! qu'il nous laissent à tous notre culte et notre religion! Un Turc n'en change jamais, et les souverains qui, comme Buonaparte, en ont changé, n'en ont aucune. Nous ne sommes pas assez forts pour nous suffire à nous mêmes : assez éclairés pour trouver en nous tout ce qu'il faut, quand nous avons notre intérêt en contradiction avec celui des autres : assez vertueux pour n'avoir pas de culte, et assez sages pour n'avoir pas de loi. Il est donc nécessaire de nous attacher à nos habitudes chéries : la religion est pour nous un besoin, et c'est notre dernier espoir; c'est celui de la vertu aux prises avec l'injustice, le malheur et la mort; et si les puissances du jour nous laissent dans l'abbatement, la religion est là pour nous consoler de leur oubli.

Philosophes, tous ceux qui se disent incrédules parmi vous, ne le sont pas : les impressions de l'enfance ne s'effacent pas si aisement. L'incrédulité, a dit quelque part le savant abbé Galiani, qu'on n'accusera pas plus de fanatisme que les Hobbes, les Grimm, les Rousseau et les Mably : l'incrédulité est le plus grand effort que l'esprit de l'homme puisse faire contre son propre intérêt et contre son goût. Il s'agit de se priver à jamais de tous les plaisirs de l'imagination, de tout le goût du merveilleux : il s'agit de vuider tout le sac du savoir.

De nier ou de douter toujours et de tout, et rester dans l'appauvrissement de toutes les idées, des connaissances, des sciences sublimes : quel vuide affreux! quel rien! quel effort! Il est donc démontré que la plus grande partie des hommes ne saurait être incrédule; et celui qui a cette prétention, n'en saurait soutenir l'effort que dans la plus grande force et jeunesse de son ame. Si l'ame vieillit, quelque croyance reparaît. *Il faut*, dit la Bruyère, *une ame bien vive, et cinq sens bien parfaits, pour jouir d'un bonheur complet sans religion*. L'on doute de Dieu dans une bonne santé, l'on croit en Dieu dans une maladie dangereuse. L'incrédule, ajoute le premier, est un danseur de corde, qui fait les tours les plus incroyables, et voltige autour de sa corde : il remplit de frayeur et d'étonnement tous les spectateurs, et personne n'est tenté de l'imiter. En définitif, on ne court aucun risque en prenant la route la plus battue, parce qu'elle est la moins dangereuse. Si la religion n'était qu'une vaine fiction, ce serait tout au plus soixante années de perdues dans la recherche de la vérité; mais cette terre que nous habitons, où il paraît que la vertu et le crime rencontrent si rarement ce qui leur est dû, ne peut être le seul endroit de la scène où se doivent passer les punitions et les récompenses.

Je termine cette autorité du premier moraliste par celle de Pascal, et l'on sera forcé de convenir que si je n'ai pas les talens d'un écrivain, on doit au moins m'accorder ceux d'un heureux compilateur.

« Il ne faut pas avoir l'ame fort élevée, pour comprendre qu'il n'y a point ici bas de satisfaction véritable et solide, que tous nos plaisirs ne sont que vanité, que nos maux sont infinis, et qu'enfin la mort qui nous menace à chaque instant, nous doit mettre en peu d'années et peut-être en peu de jours dans un état éternel de bonheur ou de malheur, ou d'anéantissement. Entre nous, le ciel, ou l'enfer ou le néant. Il n'y a donc que la vie, qui est la chose du monde la plus fragile; et le ciel n'étant pas certainement pour ceux qui doutent si leur ame est immortelle, ils n'ont à attendre que l'enfer ou le néant. Quel sujet de joie, à n'attendre plus que des misères sans ressources! Quel sujet de vanité, de se voir dans des obscurités impénétrables! Quelle consolation, de n'attendre plus jamais de consolateur! »

Du reste on n'a plus à craindre ce que l'on appellait l'orgueil du clergé, ses prétentions injustes, ses vengeances et son caractère intolérant. Les vices et les ridicules de quelques particuliers n'ont d'ailleurs jamais été ceux de la généralité. Leur gravité n'est pas, d'après M. le duc de la Rochefoucault, un mystère du corps, pour cacher les défauts de l'esprit, mais l'effet de la prudence; et la prétendue vanité d'un petit nombre d'ecclésiastiques est, nous aimons à le croire, une certitude de leur timidité. Ce qu'il y a de certain, c'est que la Charte constitutionnelle et les libertés conservées intactes de l'église gallicane, doivent nous rassurer contre les entreprises ultramontaines. *L'Augustinus* de l'évêque d'Ypres, pourrait aujourd'hui paraître et tenter de démontrer dans le fait son innocence, sans son amour pour la paix et sans la crainte de blesser la charité.

Le clergé de France n'a jamais mérité aucune des calomnies, répetées contre lui depuis plus d'un siècle par les bourdons de la philosophie et de la débauche. On ne peut se lasser de rappeller un *Fénélon*, qui reçoit à Cambray, avec une égale générosité, les victimes de la guerre, et les entasse dans son palais, sans distinction de croyance et de nation; un *Belzunce*, qui vole de la capitale à Marseille, pour y sacrifier sa vie au secours des pestiférés; un *Fléchier*, qui nourrit à Nismes le protestant dans l'indigence comme le catholique dans la misère, et donne ainsi un exemple de tolérance, que ses diocésains auraient dû s'empresser d'imiter; un *Massillon*, qui employe son éloquence auprès du gouvernement, pour procurer aux malheureux cultivateurs de Clermont, moins de corvées à remplir, et une diminution dans les impôts; un d'*Apchon*, qui se précipite au milieu des flammes, pour leur arracher un enfant, auquel il remet la récompense, offerte pour cette action à des spectateurs peu courageux, qu'il avait vainement sollicités; et tant d'autres confesseurs encore vivans, dont je ne puis ni ne dois blesser la modestie par le récit de leurs pénibles travaux, et de leurs courageux efforts pendant une trop longue persécution. Où trouver plus d'humanité, et moins d'ostentation que dans le collége de MM. les évêques de France? Et cependant ce sont eux qui ont été les premières victimes de la tourmente révolutionnaire! Les murs du Carmel sont encore teints de leur sang innocent et précieux: c'est celui des martyrs. Avec quelle urbanité ils admettaient dans leur familiarité les hommes de lettres, les savans, les artistes et les étrangers distingués par leurs connaissances et leurs talens, sans plus s'informer du rang qu'ils occupaient dans leur patrie que de leurs opinions religieuses? Quelle différence entre ces princes de l'église, et ces fonctionnaires, qui ne devaient leurs dignités qu'aux rôles affreux qu'ils avaient remplis dans les époques politiques! On ne les a jamais vus admettre dans leur intimité, que ceux chez lesquels, à la suite d'un repas prolongé, ils pouvaient le digérer auprès d'une maussade bouillotte. Un sommeil de cette espèce devait être suivi d'un triste reveil; et malheur alors à l'infortuné qui se présentait: quelques fussent ses besoins et ses titres à la commisération, le cœur du Verrès était fermé aux pressantes sollicitations du pétitionnaire: c'était toujours un importun, et le seul protégé était celui chez lequel on avait amplement dîné.

Cependant si l'orgueil et l'intolérance se font quelquefois, mais rarement remarquer dans le clergé, c'est parmi ce très-petit nombre de prêtres présomptueux, *plus amateurs*, dit l'auteur de l'imitation, *de la gloire de Jésus que de ses souffrances*, qui ont profité du concordat arraché à la sollicitude paternelle de Pie VII, pour exercer leur esprit de domination dans l'absence du vrai pasteur. Parceque l'on reçoit d'eux sans crainte et sans inquiétude ce qu'ils ne peuvent donner avec la même sécurité ils se regardent comme les coadjuteurs des évêques absens, et s'établissent, sans mission, les dispensateurs des dignités ecclésiastiques et des réputations des fidèles. On les a vu dénoncer à la vengeance de l'arbitraire leurs anciens confrères, et les signaler publiquement comme des hommes turbulens : par cela seul qu'ils étaient restés soumis au serment de leur ordination, et qu'ils avaient conservé leur attachement à l'église universelle et à la famille des BOURBONS; tandis qu'ils recevaient avec l'empressement des esclaves de Buonaparte, sans épreuve et à l'aide d'une rétractation plus qu'équivoque, les faux prophètes sans prodiges, et les loups ravissans qui avaient dévoré le troupeau qui leur avait été confié, pour ne s'attacher qu'aux boucs impurs et aux brébis contagieuses. Heureusement, nous le répetons avec satisfaction, on doit compter ces déserteurs de la sainte cause, et assurer que leur exemple n'a point entraîné la majorité de ces vénérables recteurs, que l'on peut dire *servir Dieu gratuitement*. L'assistance qu'ils procurent aux pauvres, les consolations qu'ils donnent aux affligés, et les secours qu'ils rendent journellement aux vivans et aux morts, sont aussi purs que désintéressés. On les voit conduire également, sans distinction humiliante et surtout avec cette lenteur décente qui convient à la religion, la dépouille du riche, comme celle de l'indigent duquel ils ne peuvent attendre de salaire. Toujours calmes et sensibles, souvent leurs larmes se mêlent à la cendre bénie qu'ils répandent sur la tombe d'un vertueux père de famille, auquel ils ont promis de ne point abandonner la veuve et les enfans. On reconnaît à ces traits le véritable clergé de France, qui mérite de plus en plus notre reconnaissance, et finira par conquérir le respect de ses ennemis.

Que dire d'un sexe qui immole à la religion, sa jeunesse, souvent sa beauté et quelquefois sa naissance, pour soulager dans les hôpitaux cette réunion de toutes les misères humaines, dont la vue est si humiliante pour l'orgueil et si révoltante pour la délicatesse! Est-il un sacrifice plus grand? est-il un spectacle plus sublime? Cependant les prédicans de l'incrédulité et du libertinage nous avaient annoncé une désertion complette dans les monastères. Les victimes de la superstition devaient, selon ces nouveaux oracles, augmenter le nombre des épouses des heureux enfans de la patrie. Elles furent persécutées, la misère la plus affreuse fut leur partage, on les abreuva d'humiliations, et plusieurs reçurent la palme du martyre; et ce fut à ces cruelles épreuves que se bornèrent les triomphes de la philosophie et de l'impiété. Les sauvages, dans leurs combats, savent au moins respecter les filles de la charité qui pansent leurs blessures et les soignent dans leurs maladies; nos français, moins civilisés, n'ont éprouvé aucun sentiment de convenance et de pitié pour ces héroïnes de la vie monastique, soit active, soit contemplative : elles ont été lâchement abandonnées, dans des drames orduriers, aux plaisirs d'une tourbe enivrée des poisons destructeurs de la démoralisation : on n'a vu le costume de la piété que sur les tréteaux de l'impiété. Peuple, le fanatisme philosophique a échoué devant la simplicité évangélique; la religion n'a pas à rougir d'une seule infidèle; le sang des martyrs a augmenté dans plusieurs cités le nombre des vierges chrétiennes, et celles qui ailleurs ont survécu à la destruction de leur communauté, vivent au milieu de nous dans la retraite et dans l'obscurité, sans qu'on puisse compter parmi elles une seule religieuse coupable d'un désir parjure. Quelle leçon de la faiblesse pour la force; et quel plus grand pouvoir de la religion sur les mœurs!

Les richesses de nos temples ne peuvent plus également tenter la cupidité des ennemis de toute religion, ni celle de ceux auxquels ils s'étaient empressés de conseiller leur dépouillement. Nos églises ne sont plus opulentes, mais elles n'en sont pas moins sacrées; leur nudité n'empêche pas qu'elles ne soient remplies. Les ornemens ne sont plus magnifiques, les cérémonies sont sans faste; mais le culte reste dans son entier. La divinité se plait sous un dais de toile peinte, comme sous la plus riche étoffe. Si les apparences sont tristes, dit le philosophe désabusé que nous avons cité plus haut, les adorations sont profondes, la piété est intacte. Souvent un seul ministre nous suffit, et mille voix se joignent et répondent à ses cantiques. Transportez-vous alors au milieu de nous, vous y verrez des veuves et des vierges en habits de deuil ou de couleur analogue à leur tristesse, à leur fortune, regretter, les unes un époux, les autres un père, et n'en pas moins prier avec ferveur pour les assassins de leur famille. Vous y entendrez les soupirs des mères désolées des guerres détestables qui les ont privées de leurs enfans, souvent uniques, et toujours chéris et nécessaires: elles interrompent leurs gémissemens, elles étouffent leurs sanglots, pour demander au *bon Dieu* la conversion de l'ogre qui a dévoré leur postérité. Nous disons comme elles et avec le savant la Harpe, le *bon Dieu*, parce que s'il a été juste envers nous dans les châtimens qu'il nous a infligés, il a été miséricordieux, en nous accordant le chef, que depuis plus de vingt-deux ans nous ne cessions de lui demander avec instance. Nous ne disons pas *l'Etre suprême*, auquel les impies ont fait l'honneur d'une dédicace extravagante, parce que cette expression est trop recherchée pour notre faiblesse et notre ignorance, qui, comme ils nous l'ont répété jusques dans leur yvresse, *n'ont jamais pu nous elever à leur hauteur*.

Notre dévotion augmente, lorsque nous répondons aux prières du prône. Nous nous rappellons alors le meilleur des rois, que la hache régicide a moissonné dans la force de l'âge; son fils, qu'il se plaisait à rendre instruit et vertueux comme lui; son auguste épouse, innocente des calomnies qui l'ont suivie dans la tombe; sa sœur, le modèle des vierges sensibles et du plus pur christianisme; cet être jeune et intéressant, l'espoir des héros dont il descendait; enfin nos parens et nos amis les plus chers, nos compagnons d'infortune et nos connaissances, tombés sous le fer de la démocratie ou sous le plomb meutrier de la tyrannie. Après avoir donné quelques minutes de recueillement aux sublimes pensées de la mort; nous récitons avec attendrissement les prières du rituel, pour la conservation de la famille de SAINT-LOUIS, héritière de ses vertus, du petit fils d'HENRI LE GRAND, et du frère de LOUIS XVI, qui succède si parfaitement à leur justice, à leur bonté, à leur générosité. Convenez, philosophes, que ce culte mérite bien de remplacer celui que vous ordonniez de rendre à ces prétendues déesses de la Raison, qui presque toujours n'étaient que des impures, ou les tristes victimes de la faiblesse de leurs parens ou de la brutalité de leurs époux.

Je n'ai rien à dire des impies du dernier rang, qui depuis la société mère qui se tient à Paris, jusqu'au club de province présidé par le barbier du soin, se mêlent d'insulter la réligion et d'endoctriner les femmes et le peuple, avec plus ou moins de talens : il leur a été plus d'une fois reproché la profanation dégoutante des vases sacrés, la violation des sépultures, crime inconnu aux nations sauvages, si attentives à ne pas se séparer des ossemens de leurs pères, et le vol complet des églises depuis le plomb de la cîme jusqu'à celui des caveaux. Ils ont emporté tout ce qu'ils ne pouvaient dérober, détruit et mutilé tout ce qu'ils ne pouvaient enlever. C'est principalement pour eux qu'il convient de rappeller les anciennes ordonnances de nos rois concernant la religion et les mœurs. C'est pour ceux qui sans aucune autre instruction que celle qui leur a été donnée dans les tripots populaires par quelques malheureux déserteurs, plus lâches et plus méprisables que les rénégats d'Alger et de Tunis, (*) incapables de voir même aujourd'hui

---

(*) Les Apostats sont si fortement méprisés en Orient, qu'aucun missionnaire ne s'est jamais permis de travailler à leur conversion. Les défenses à cet égard s'accordent avec leur endurcissement; car l'on craint autant leurs délations, que les châtimens réservés à l'apostolat. Les mêmes hommes en Occident sont encore plus dangereux, puisque plusieurs ont joint à la peur, premier motif de leur apostasie, la débauche et l'ignorance. Eh! qu'attendre d'un cadavre mort à la religion et aux mœurs! S'il y avait dans les cloîtres des hommes du premier mérite, on ne peut nier qu'il n'y eut également des religieux libertins et d'autres assez ineptes pour ne pouvoir pas même traduire la basse latinité des légendes. *Vix sacramentorum verba balbutiebant, vix grammaticam noscunt.* Wil. Malmesb.

avec l'œil de l'indifférence, la piété de ceux qui observent le culte qu'ils ont abandonné. C'est pour les élèves de ces professeurs du mensonge, qui ont contracté la cruelle habitude de plaisanter avec brutalité les cérémonies religieuses (*) et d'insulter sans esprit les ministres et les fidèles, qu'il faut publier les mesures ordonnées par la loi, pourdéfendre les uns et les autres, et rendre à la religion la protection qui lui a été si longtemps refusée. C'est pour ces femmes aussi faibles que leurs époux étaient coupables, qui se faisaient un plaisir impie de détruire les ornemens d'église, et d'enlever à l'aide d'un cizeau criminel, l'or souvent mensonger de nos chasubles, qu'il est nécessaire de ramener aux paisibles occupations d'un sexe ennemi de la destruction, et à leur ancienne piété. Cependant il est

(*) De-là viennent les noms de Cassius, de Brutus, d'Aria, de Buonaparte, de Vesta, de Cornelie, donnés aux enfans nés pendant la révolution. *Je ne sais pas nager*, disait à son ancien confrère un moine qui venait d'épouser sa servante ; *mon cou convient à mes épaules*, disait au même un autre moine marié. *Messieurs*, répondit le digne ecclésiastique, *je vous aurais invoqués l'un et l'autre comme martyrs.* Un troisième témoignait hautement la crainte qu'il avait du retour de la religion catholique, en disant, chaque fois qu'on l'entretenait des horreurs commises envers ses défenseurs: *il faut que les Jacobins ayent perdu le sens commun, ils veulent donc que toute la France redevienne catholique.* De tels hommes ne peuvent aimer que ce qui tient au régime révolutionnaire.

utile de les rassurer sur cette ordonnance: elle est moins sevère, comme elles peuvent s'en convaincre, que les décrets de nos conventionnels à l'égard du *Decadi*, parce qu'elle sort d'une source pure, et qu'elle émane de la volonté réfléchie et discutée d'un bon Roi. Il faut espérer aussi qu'elle n'éprouvera aucune extension odieuse de la part de ceux qui seront préposés à la faire observer. Moins de promptitude dans la découverte d'une contravention: trop d'empressement fait commettre souvent de lourdes injustices; point de cadeaux à recevoir pour céler la fraude, et point d'association coupable pour certifier ce qui n'est pas, et avancer des faits controuvés.

Afin de prouver jusqu'à l'évidence l'extrême douceur de l'ordonnance royale du 18 novembre 1814, il est convenant de rappeller quelle était alors la rigueur des lois rendues sur le culte décadaire. Puisse la comparaison qu'on sera à même d'en faire, produire l'oubli de ces lois, *nées*, suivant l'expression du chancelier Bacon, de la *piqûre du moment*, et faire naître un dévouement durable aux ordres de la sagesse et de l'excellence!

« Une loi du 17 thermidor an 6 prescrit que les
» boutiques, les magasins et les atteliers soient fermés
» les jours de décade, et que les travaux soient
» interdits. Elle prononce trois jours d'emprisonne-
» ment pour la première fois, avec une amende de
» vingt-cinq francs; et en cas de récidive, un em-

» prisonnement de dix jours, et une amende de trois » cents francs. ». Il ne s'agissait pas, comme on l'a dit depuis, du seul repos des fonctionnaires publics, repos indépendant de la liberté des consciences, mais d'un ordre persécuteur, pour célébrer avec une dignité ridicule des farces souvent indécentes, dont le plus sot des payens aurait rougi. On ne trouverait pas d'ailleurs dans la collection des ordonnances même les plus sévères de nos Rois, cette volonté si fréquemment prononcée d'emprisonner pour la plus légère contravention. On ne voit sur-tout dans celle dont il s'agit, qu'un désir sincère de ramener par les voies les plus douces toute la bergerie au culte que l'on doit à Dieu, et de ne punir la brébis égarée que d'une peine proportionnée à ses écarts, et susceptible des adoucissemens d'usage, de circonstance et de localité.

Après avoir accordé tous les honneurs à la décade, il fallait encore tout enlever au dimanche, en dépit de l'exercice proclamé libre des cultes : autrement le refus d'une loi impie aurait été une contradiction trop frappante. Aussi ceux qui avaient fabriqué et exigé le serment de haine à la royauté, devaient, quatre jours après, immortaliser, par un décret plus détestable aux yeux de Dieu, leur haine envers la religion de leurs pères : comme si une consécration de dix-huit siècles n'était pas suffisante pour résister à leurs attaques, *et portæ inferi non prævalebunt adversùs eam*. La première loi des haineux est du

19 fructidor an 6, la seconde loi de haine est du 23 du même mois. Cette dernière prononce « que » les jours dits dimanches, les marchands auront » leurs boutiques ouvertes, sous les peines de trois » journées de travail et de trois jours d'emprisonne- » ment. »

Il est ensuite essentiel que le peuple connaisse les lois émanées du souverain qui le gouverne, et rédigées pour le siècle et le pays dans lesquels la providence l'a fait naître. *Constitutiones principum nèc ignorare, nèc dissimulare permittimus.* Enfin il est à désirer que les premiers magistrats voulussent bien, comme le chef, donner l'exemple d'un attachement sincère au culte qui leur a été transmis. A cet égard, on s'apperçoit dans plusieurs endroits de cette heureuse influence. Le peuple imite naturellement ceux qu'il respecte ; leur exemple doit donc précéder leur instruction. L'alliance des plus rares talens et des vertus les plus pures est une démonstration en faveur des mœurs, comme la piété affectueuse des augustes princesses que la foudre révolutionnaire a respectées, est un triomphe de plus pour la religion.

Les dispositions de l'article premier de l'ordonnance royale du 18 novembre 1814, sont générales, et conviennent à tous les sujets de Sa Majesté. Il est à observer que les seuls travaux *ordinaires* sont interrompus les dimanches et les jours de fêtes ; et qu'ainsi, dans ses défenses, la loi autorise de permettre que l'on s'occupe des travaux *extraordinaires*, commandés par les circonstances ou par un péril imminent. J'estime donc qu'il y aurait mauvaise grace de refuser à un Maçon, à un Charpentier et à un Couvreur la permission de relever un mur de clôture qui se serait écroulé pendant la nuit, d'étayer un plancher qui menacerait de tomber, et de couvrir un bâtiment dont l'orage aurait enlevé une partie du toit. Je pense aussi qu'on ne pourrait inquiéter un Serrurier, qui ouvrirait une porte nécessaire, dont on aurait égaré la clé; qui poserait un ou plusieurs barreaux de fer à une croisée que des malveillans auraient brisée pendant l'obscurité précédente. On aurait de l'indulgence pour le Taillandier qui, au moment des récoltes, repasserait la faucille du moissonneur et la faulx du faucheur: j'en dirai autant du Coutelier pour les ciseaux du jardinier. Le Forgeron, le Maréchal, le Charron et le Bourellier sont souvent forcés, sans impiété, de travailler pendant quelques heures de la matinée, soit pour le service des voitures publiques, soit pour celui des agriculteurs et des hommes de journée, qui n'ont que le dimanche pour faire mettre en état les instrumens dont ils doivent se servir pendant la semaine. On ne peut ici prévoir tous les événemens, ni rejetter d'avance toutes les excuses, commandées par une impérieuse nécessité. C'est au magistrat qu'il appartient de les discuter: le souverain pose les principes, et le juge décide d'après les faits et leurs détails:

c'est toujours avec une extrême réserve qu'il doit punir, l'autorité douce des Bourbons est préférable au rigorisme des Brutus et des Cromwel.

S'opposer à ce que le Marinier saisisse l'occasion d'un vent favorable pour se faire assister au passage d'un pont, serait, je pense, une injustice; car souvent il se trouverait forcé de rester plusieurs semaines dans le calme et dans l'inaction par un vent contraire. De même l'Ouvrière, le Tailleur et le Cordonnier sont dans l'usage de porter les ouvrages de la semaine dans la matinée du dimanche: n'y aurait-il pas de la prévention, si on les arrêtait dans leur course, sur-tout avant et après l'office? On sait que c'est le moment où l'ouvrière dispose des journées de la semaine. Le journalier, occupé pendant six fois quatorze heures d'un travail continuel et pénible, va chercher dans la matinée du dimanche le prix de ses journées, de son labeur; il paye alors ce qu'il doit, achète ce qui lui est nécessaire, et se fait raser avant de se rendre à la messe de paroisse. L'usage est pareillement qu'on l'on ferme les yeux sur ce qui a lieu dans la boutique des Barbiers et Perruquiers: on pourrait à la rigueur regarder comme étalage, et leur faire enlever pendant l'office du matin, le bassin qui leur sert d'enseigne, et même les obliger à tirer le rideau sur ce qui se passe ostensiblement chez eux: tel était l'ordre donné par Henri IV dans ses lettres-patentes de 1595.

Encore une fois, je le répete, le legislateur avance les principes, et ne peut indiquer toutes les conséquences. Tout prévoir est un but qu'il est impossible d'atteindre, car les lois positives ne peuvent embrasser toutes les nuances. C'est donc aux officiers de police qui sont sur les lieux, qu'il est enjoint d'entrer dans les vues bienfaisantes du gouvernement : pourvu que la violation du dimanche ne soit pas l'effet du mépris pour la religion de l'état, ils doivent user d'indulgence, et prévenir au lieu de punir. Le repos est permis, mais il n'est pas ordonné. MM. les Avocats consultent, et MM. les Notaires font des ventes même mobilières, que leurs affiches annoncent toujours *pour l'heure de midi, après la messe de paroisse.* L'Huissier adjuge à la porte du temple la récolte saisie; et les foires ou Corps-Saints, *corpora sancta*, se trouvent publiés pour le jour de la fête patronale, sans que personne murmure contre cet usage, autorisé par l'Ordonnance Royale dont il s'agit. En un mot MM. les recteurs eux-mêmes choisissent un ou plusieurs dimanches dans l'année, pour l'adjudication des chaises et des bancs de l'église, la bannière ou le bâton du Saint y est mis à l'enchère, et jamais on ne s'est avisé de crier à la profanation du jour du Seigneur Il faut donc conclure de tous ces faits, que tant que la religion est respectée, la police, d'après les intentions de Sa Majesté, doit se conformer aux usages de la localité.

L'article II défend aux marchands d'étaler et vendre, *les ais et volets des boutiques ouverts.* Par ce principe de jurisprudence si respecté : *qui dicit de uno negat de altero*, ce qui se traite dans le secret des maisons de commerce, n'est pas plus du ressort de la police que ce qui se dit dans le cabinet de l'avocat. Il convient d'observer que cet article concerne encore la généralité de la France ; capitales, villes, bourgs, villages et hameaux.

Le même article défend aux Colporteurs *étalagistes* de colporter et d'exposer en vente leurs marchandises dans les rues et places publiques. Cepndant l'usage a toujours toléré les marchands de chansons, de cantiques, les sauteurs et les empyriques, de débiter leurs chiffons de papier, leurs vulnéraires, leurs bagues, et d'annoncer leurs tours d'adresse et d'agilité. Ils se placent de préférence à la porte des églises, à raison du grand nombre des fideles qui en sortent : alors il me semble que l'on pourrait exiger d'eux que leur appel toujours bruyant ne se fasse entendre qu'après la dernière messe du matin et après l'office du soir ; car il paraît de la dernière indécence de troubler dans leurs prières les personnes recueillies, par des cris aigus et des instrumens discordans.

L'ordonnance royale ne s'occupe pas des salles de danse et de spectacle, parce que le même usage n'en permet l'ouverture qu'à la chûte du jour, et par conséquent à une heure où les églises sont fermées. Tous les gouvernemens les autorisent; et si lors de la réforme en Angleterre, les chefs de cette réforme, toujours austères dans ce qui tient à l'esprit d'innovation, ont interdit au peuple Anglais les divertissemens de ce genre, pendant les dimanches, on a vu, depuis Jacques VI, plus sensible peut-être aux plaisirs de l'étude qu'aux disputes de controverse, chaque souverain les autoriser, *dans la crainte*, porte la déclaration de 1618, *que nos sujets ne deviennent stupides par le défaut de condescendance pour tout ce qui peut les amuser.*

Il est inutile que la piété s'inquiète pour la semaine-sainte, puisque le même usage remplace les spectacles par des concerts spirituels dans les grandes cités, et que les comédiens de province se rendent à la capitale pour former de nouveaux engagemens. Cette semaine d'ailleurs est presque partout l'époque des premières promenades aux Pardons ou Corps-Saints; et l'on peut assurer aujourd'hui qu'une entreprise de cette espèce serait un nouvel attentat du parti irréligieux, aussi peu lucratif que répréhensible.

Le même article II fait pareilles défenses aux Artisans et Ouvriers de travailler *extérieurement* et d'ouvrir leurs atteliers; aux Charretiers, et Voituriers, employés à des services locaux, de faire des chargemens dans les lieux publics de leur domicile. Ainsi les premiers, dont le travail ne se fait point entendre au déhors, peuvent s'occuper dans l'intérieur de leur maison, et les seconds par-tout ailleurs, où ne s'exerce pas le culte catholique. Malgré cette prétention de ma part, je n'en préviens pas moins ces derniers, que leurs travaux doivent être commandés par la nécessité, et non par esprit d'irreligion, ce qui donnerait lieu à une surveillance plus active. Je pense également que le voyageur, qui descend d'une diligence ou de toute autre voiture, ne pouvant lui-même transporter sa malle au domicile dont il a fait choix, doit obtenir la permission d'employer un Porte-faix. De même, aux époques de Noël et de la Saint-Jean, il est d'usage que plusieurs habitans changent de maison; et comme un pareil délogement ne peut s'opérer dans un seul jour, j'estime qu'on doit tolérer avant et après l'office, que les Porte-faix s'occupent de ce travail, et que les Ménuisiers et Tapissiers fassent l'ouvrage de monter et de démonter les lits, les armoires et les autres ameublemens. A ces époques, les hommes riches et les marchands sont même forcés de louer des voituriers, qui peuvent ce me semble, sans blesser l'ordonnance, obtenir la même permission de faire et de rendre ces différens chargemens. Il en doit-être ainsi du transport des fruits et des fourrages, pour éviter la surprise d'un orage; et l'agent de police ne serait qu'un être ridicule en s'opposant à ce transport, sous prétexte que le temps n'annoncerait aucun changement défavorable, comme si ce moderne Mathieu-Lænsberg avait, ainsi que l'almanach de Liege, le privilège de faire dans sa ville la pluie et le beau temps. Quant au transport des bois, l'ordonnance des eaux et forêts 1669, qui en défend le chargement dans les ventes ouvertes, les dimanches et jours de fête, n'ayant point cessé d'être en vigueur, se trouve d'accord avec l'article dont il s'agit, qui n'en permettrait pas le déchargement.

Il est enfin d'usage que les Marécagers, dans les grandes chaleurs de l'été, donnent le soir et le matin des arrosemens à leurs plantations, quoique découvertes et exposées aux regards du public ; je crois qu'on ne peut leur interdire cet usage, et qu'un particulier ne serait point également coupable, pour faire arroser son potager, avant l'office du matin et après celui du soir. Les jeux, les danses et les spectacles étant permis, on doit de même tolérer un travail nécessaire. Ce ne sont pas d'ailleurs les cultivateurs et les jardiniers, qui sont les impies du siècle : on les a plus d'une fois entendus se plaindre de la fermeture des églises ; et les prétendus brigands de la Vendée et de la Chouannerie n'avaient pris les armes que pour défendre leur culte et leur Roi. *Dieu et l'honneur.*

On a été surpris de la tolérance accordée aux marchands de boissons et teneurs de lieux de rassemblement dans les villes. On pourrait à la rigueur croire que les premières dispositions de cet article II leur sont applicables comme aux autres marchands, bien que ces endroits de dissipation soient nécessaires aux oisifs de nos grandes cités ; mais on ne doit ni étendre les ordonnances de Sa Majesté, ni recourir aux anciennes ordonnances de police sur cette matière, puisqu'elles sont abrogées. Il faut donc se contenter de surveiller plus exactement ces maisons, presque toujours dangereuses à la jeunesse, pour s'assurer que tout s'y passe avec la décence convenable, car on ne se rend assiduement au cabaret et au caffé, pendant l'heure de l'office divin, que pour braver le culte, ou pour satisfaire un goût prononcé de distraction et souvent de débauche. Cette surveillance est plus nécessaire que jamais dans les circonstances présentes, sur-tout à l'égard de ces caffés borgnes et de ces cabarets obscurs, où se rassemblent chaque soir les restes impurs des *Sections Marat* de chaque cité. Les chefs, comme en étant les oracles, ne s'y montrent que dans les grandes occasions ; mais un des affidés va tous les matins chez l'un d'eux, recevoir et rendre la nouvelle qu'il faudra débiter dans la journée, ainsi que l'ordre des démarches qu'il faudra tenir, pour que l'association jouisse de l'impunité. Souvent une sœur tricoteuse est la messagère des arrêtés du tripot, qui change quelquefois de local et de quartier, pour éviter les surprises de la police ; et croyez que les moyens que propose cette Mégère ne sont ni les moins extravagans ni les moins sanguinaires.

L'article III concerne seulement les petites villes au-dessous de cinq mille ames, ainsi que les bourgs et villages. On a la certitude que l'indifférence pour la religion s'est manifestée avec une progression effrayante, dans les paroisses sur-tout où l'ancien recteur, par son mariage et ses confluences impies, avait entraîné dans l'abîme du désordre le troupeau qui lui avait été confié pour un autre usage. C'est dans cet article seulement qu'il est défendu aux Cabaretiers et aux maîtres de billard, de tenir leurs maisons ouvertes, et d'y donner à boire et à jouer, pendant le temps de l'office : ce qui suppose que dans les villes où la population est plus conséquente, pareilles défenses n'existent réellement pas. En effet, l'abus ou le trouble, auquel il serait facile de remédier dans un chef-lieu, prend presque toujours dans un village, un caractère de gravité que la force de l'endroit serait dans l'impuissance d'arrêter. Il faut donc une surveillance plus active dans les détails, car il s'agit moins de frapper que d'instruire, moins de rendre les hommes malheureux que de les rendre meilleurs. Aussi les articles IV, V et VI annoncent-ils la clémence du législateur, qui ne prononce que des amendes de simple police ; ce qui rend les contraventions qu'il veut prévenir, plus faciles à réprimer sur les lieux mêmes où elles ont été commises, et la procédure plus rapide et moins dispendieuse par la compétence des juges de paix. Ces magistrats connaissent mieux les justiciables de leur canton, qu'un tribunal de première instance, jugeant en audience de police correctionnelle ; et le déplacement des contrevenans, ainsi que celui quelquefois nécessaire des témoins sont à considérer. Sans trop s'attacher à la lettre du procès-verbal, le juge des lieux sait apprécier les intentions du coupable que ce procès-verbal ne fait qu'indiquer : il admet ou rejette avec connaissance de cause et de moralité, les excuses présentées. Il pénètre dans les détails de la contravention, et sait faire une juste application de la loi, suivant les circonstances qui lui sont offertes. A défaut de renseignemens précis sur chacune d'elles, il se conforme à l'usage local, à la nécessité, et s'attache plus à adoucir son pouvoir qu'à l'étendre. La faculté qu'il a de ne condamner qu'à une amende d'un franc, est une latitude que sa sensibilité saisit, lorsqu'elle n'est pas en contradiction avec son devoir.

Le plus grand avantage que l'on puisse retirer de cette ordonnance, est de se rappeller sans cesse qu'elle est la libéralité d'un monarque, qui joint aux lumières d'une philosophie prudente, la sagesse d'une piété aussi solide qu'exemplaire. L'église est un corps mystique, dont le roi est le protecteur, comme il en est le chef, si on la considère comme corps politique. En sa qualité de protecteur, le roi ne fait pas de lois sur ce qui regarde la conduite spirituelle et mystique de l'église, sa doctrine; mais comme sa force purement spirituelle ne convient pas pour faire observer les lois, elle a recours à la puissance séculière du roi : *ut quod non prævalet sacerdos efficere per doctrinæ sermonem, potestas hoc impleat per disciplinæ tenorem.* L'église ne peut même s'assembler que sous l'autorité du roi, qui a le droit de lui proposer et même de lui faire accepter les lois de discipline et de police qu'il juge nécessaires. « La puissance royale, dit M. Bossuet, donne la » loi et marche la première : si la décision appar- » tient à l'église, la défense et l'exécution des ca- » nons et des règles ecclésiastiques appartiennent » seules au prince. » Ainsi le souvenir continuel du pouvoir du Souverain en cette partie fera naître parmi MM. les fonctionnaires publics la noble ambition de vouloir imiter ses vertus ; et tout en désespérant de parvenir à leur perfection, ils suivront cette pente douce et insensible qu'elles inspirent, et parviendront à donner aux mœurs et à la religion l'heureux cours qui leur est essentiel. Qu'ils sachent également que le peuple a constamment les yeux fixés sur la place d'honneur que la loi leur assigne à l'église, et que le vuide de cette place est pour lui le thermomètre de leurs idées religieuses. MM. les juges de paix (*) dans les cantons ruraux, et MM.

(*) Il n'est pas de fonction plus respectable que celle d'un juge de paix, s'il a le bonheur de concilier les différends et de les prévenir. C'est à la Hollande que l'Europe est redevable des *faiseurs de paix*; mais la France ne pourra éprouver les bienfaits de cette institution, que lorsqu'elle sera parfaitement régénérée.

les maires (*) sur-tout, qui sont au civil et à la morale ce que MM. les recteurs sont au spirituel, ne doivent jamais oublier que leur exemple est à cet égard de la plus haute importance dans les campagnes.

L'article VII porte que les défenses ci-dessus ne sont point applicables aux marchands de comestibles *de toute nature.* Il faut donc mettre au nombre des comestibles, non-seulement le pain et la viande, mais la volaille, la pâtisserie, le poisson, le lait, le beurre, le fromage, les œufs, les fruits, les

---

(*) Le gouvernement municipal est le meilleur, parce qu'il est le plus naturel. Un maire est l'homme du peuple, son défenseur; il doit lui tenir lieu de père. *Parentis vicem exhibeas*, dit une loi municipe. Il doit le défendre des vexations de ses employés, et dans ce nombre on comprend tous les manieurs d'argent. *Rusticos urbanosque vexationibus non patiaris adfligi.* Il doit réprimer leur insolence. *Officialium insolentiæ occurras.* Il a ses entrées à toute heure chez le premier magistrat de la province. *Ingrediendi cùm voles habeas facultatem.* Ses fonctions sont d'autant plus respectables qu'elles sont désintéressées, et que l'affection de ses administrés ~~est son unique~~ et sa ~~plus chère~~ récompense. Il en est dont l'occupation la plus douce est d'assurer le bonheur des habitans de leur commune, et de leur faire aimer les mœurs, la religion et le prince. Ils ont fait leurs preuves dans ces momens fâcheux de la dernière invasion; et l'on peut assurer que s'ils se voyent également honorés de tous leurs concitoyens; ils le méritent.

légumes et généralement encore tout ce qui concerne l'épicerie, et tout ce que vendent les marchandes ordinaires de gâteaux, de marrons et autres fruits selon la saison. On pourrait peut-être, sans blesser l'ordonnance et pour un plus grand respect envers la religion, interdire à ces dernières, pendant l'office, tout débit qui ne peut avoir lieu sans étalage. Le même article VII autorise la vente de tout ce qui tient au service de santé; permet les postes, les messageries, voitures publiques et particulières, ainsi que celles de commerce par terre et par eau. Le service des usines est également conservé, de même que le chargement des navires marchands et autres bâtimens de commerce maritime. Enfin ce même article autorise comme par le passé les foires et assemblées dites *fêtes patronales*, et les ventes *hors le temps du service divin, dans les communes rurales*. Ces réunions dans les campagnes tiennent tellement au respect dû aux tombes des martyrs, des solitaires et autres saints personnages, qu'en Angleterre elles subsistent encore, quoiqu'il n'y ait plus d'églises catholiques ni de monastères.

L'article VIII excepte aussi des défenses ci-dessus, et de la même manière qu'il a été observé plus haut, les meûniers et les ouvriers employés à la moisson, aux récoltes et aux travaux urgens de l'agriculture. J'ai pensé que le jardinage en faisait partie naturelle, au moins en ce qui concerne les fruits et les légumes : c'est au magistrat de prononcer si je suis dans l'erreur ; *corripiet justus, oleum autem peccatoris non impinguet caput.* Cet article tolère enfin les constructions et réparations motivées par un péril imminent, à la charge, dans ces deux derniers cas seulement, d'en demander l'autorisation à la puissance administrative, qui, bien pénétrée de l'article IX, s'empressera toujours de l'accorder ; car cet article IX ne permet d'étendre que les *exceptions* à cette ordonnance, et non les *prohibitions* qu'elle peut renfermer : ce qui démontre que si l'église de France a eu son Fénélon, ses enfans plus heureux nommeront de suite leur Henri IV, leur Louis XVI et leur Louis XVIII.

Peuple, je crois avoir rempli auprès de vous la tâche que je m'étais imposée : celle de vous instruire ; car ce qui vous fait souvent commettre des fautes, c'est l'ignorance où vous êtes de ce qui vous convient. Il semble que vous craignez autant d'entendre la vérité que l'hydrophobe craint de rencontrer une source d'eau. Cependant, en cédant à la loi, au prince et aux magistrats qui sont plus instruits que vous, je vous ai indiqué la seule route du bonheur. Il ne peut plus en exister pour vous, sans vous unir parfaitement à Sa Majesté, et sans faire avec elle, comme elle vous en convie, *un seul et même faisceau.* La France, alors inséparable de son souverain, servira encore de modèle aux autres nations. Elle a pu être envahie, parce que celui qui l'opprimait, n'a pas su la défendre, mais elle n'a point encore été subjuguée. Il se croyait un grand homme, parce qu'il avait fait le malheur de ses voisins, dans un moment où ils étaient désunis; mais de même que le chef des Natchès se dit le fils du soleil, et n'est qu'un misérable sauvage de la Louisiane occidentale, de même aussi l'histoire ne fera jamais de l'enfant de la veuve *Lœtitia* qu'un être ambitieux, vindicatif, perfide, parjure, envieux de la gloire de ceux qu'il a fait périr, ne se souciant ni de Dieu, ni des hommes, ni des paroles, ni des traités, ni des sermens, ni des droits les plus saints. Ainsi celui qui ne voulait partager l'univers qu'avec la divinité, est réduit à jetter envain ses regards sur le rhumb de la boussole qui pourrait le ramener dans une partie de l'Europe, si son sort n'était décidé, et si le livre des destins n'avait prononcé qu'il finirait ses jours au milieu des ennemis qu'il s'était faits, comme son extravagant collégue, Théodore roi de Corse. Croyez que s'il est dangereux pour la santé de chacun de vous de changer de médecin, le corps politique ne peut qu'éprouver un plus grand danger, en changeant soit de monarque, soit de gouvernement : il vaut mieux conserver que de détruire, et ceux qui vous proposeraient aujourd'hui une nouvelle révolution, seraient vos plus cruels ennemis. Tel on voit le Rhin n'être qu'un faible ruissau lorsqu'il se jette dans l'Océan, telle serait notre malheureuse patrie : nos cités deviendraient des bourgades, et nos plus beaux édifices de simples cabanes.

Je sais que vous commencez à comprendre qu'un vaisseau longtemps battu par la tempête finit par être submergé, que la discorde qui règne pour le choix du pilote, empêche le jeu des manœuvres ; et je conviens que déjà plusieurs parmi vous retournent aux vrais principes et à la vertu. Mais combien d'autres n'agissent encore que par crainte, et non par amour ; et c'est cet amour pour le souverain et son gouvernement que je désire vous inspirer. Celui qui s'est acquis une gloire solide en domptant le cœur de nos ennemis, n'aurait il pas encore conquis celui de ses sujets ? et si son inaltérable clémence trouve au milieu de nous quelques coupables, n'est-ce pas pour leur pardonner ? Louis XII ne s'est point rappelé des injures faites au Duc d'Oléans : Louis XVIII, également grand et généreux, oublie celles faites à Louis XVIII ; et lorsqu'il frappe quelques incorrigibles, il ne cède en cela qu'au vœu de la grande majorité. Le frère de Louis XVI n'a encore formé de vœux que pour le bonheur des ennemis communs de sa famille. Son ordonnance du 29 octobre a jusqu'à présent plutôt montré les mesures qu'il est en droit de prendre, que les blessures qu'il pourrait faire sans injustice ; et lorsqu'un jour de deuil, de tristesse et de jeûne nous rappelle chaque année le plus exécrable des crimes, ce serait en commettre un semblable que d'affliger ce bon Roi, que d'hésiter sur le parti que nous avons à prendre. Ne sommes-nous pas assez malheureux, sans rappeller sur nos têtes de nouvelles infortunes! Nos ennemis nous ont tout enlevé, et nous refuserions de conserver l'empire des arts et du goût qui nous est acquis; et nous ne pourrions fixer auprès de nous le meilleur des Rois qui nous reste! C'est après les fureurs de la Ligue, qu'Henri IV, comme vous le savez, a rendu la France plus heureuse qu'avant cette terrible maladie; c'est après les extravagances de la Fronde que le règne de Louis XIV est devenu celui d'Auguste, et que ses troupes ont rivalisé celles d'Alexandre : ce sera après les horreurs de la Révolution, que, si nous sommes tous parfaitement d'accord, nous pourrons jouir du bonheur que le premier a procuré à ses sujets, et atteindre l'éclat que le second a répandu sur son siècle. Sa Majesté est prudente et ferme comme St.-Louis dans son conseil, et compâtissante comme si elle n'avait été que malheureuse; et les étrangers ne savent lequel plus admirer de sa bonté, de sa loyauté, ou de son esprit et de ses vastes connaissances. Jugez de ce que peut devenir la France, sous un pareil monarque, sur-tout en réfléchissant que si Henri IV a eu son Sully, Louis XIV son Colbert, Louis XIII et Louis XVIII auront eu leurs Richelieu.

Si vous ne pouvez arrêter ceux qui veulent encore

faire du mal à notre patrie, ne soyez pas au moins leur complice : ce serait vous en rendre responsable, que d'entendre sur le souverain et le gouvernement, des injures, qu'il vous serait facile de réprimer, et d'écouter des projets liberticides, à l'exécution desquels il vous serait possible de vous opposer. Vous n'avez plus à vous plaindre d'être gouverné par des hommes pervers. Bien que la réorganisation de toutes les branches d'administration et de justice ne soit pas l'ouvrage d'un jour, jusqu'à présent les emplois n'ont été donnés qu'aux enfans de la famille, *ex uno nosce omnes*; et si quelques passe-volans s'y sont encore maintenus, croyez qu'ils seront démasqués : on n'ignore point qu'aujourd'hui tous les intrigans ne se disent Royalistes, et que pour conserver leurs fonctions, ils ne soient demain partisans de la peste, si ce fléau avait des nominations à son choix et des faveurs à accorder, parce que l'intérêt fait passer le plus grand nombre d'un parti à l'autre. Le véritable ami du prince est celui qui l'a toujours été, et qui a courru les dangers d'être connu pour tel. On vous parlera des lumières du siècle, et c'est dans celui de Cicéron que Sylla fit ses proscriptions. On vous fera remarquer le nuage de l'adversité, qu'une rosée bienfaisante peut dissipper, mais que l'éclat brillant qui vous est annoncé ne peut que faire tomber sur votre tête. Votre intérêt est donc, je le répète pour la dernière fois, de vous réunir au gouvernement actuel et à son chef, et d'oublier, s'il est possible, vos erreurs et les crimes de vos anciens conducteurs. La félicité publique ne peut plus avoir lieu que sous la protection du Monarque légitime.

Quant à la religion, vous savez que tous les hommes, soit pour s'effrayer, soit pour se consoler, en ont une. Si c'est un besoin pour eux, que ce soit pour vous un sentiment. L'homme religieux est libéral envers les indigens, secourable aux opprimés: il dit la vérité aux égarés, et console les affligés. Le père de famille, vertueux et chrétien, est attaché à son Souverain, à sa patrie: il peut être infortuné, mais il mérite d'être heureux et le sera. On ne reconnaîtra parfaitement les ministres de la religion, nommés par l'usurpateur, que lorsqu'ils auront fait leur cession entre les mains de Sa Majesté: j'estime que c'est le seul moyen de rendre la paix à l'église. Mon sentiment n'est d'aucun poids, j'en conviens, mais c'est celui de S.T-Augustin que je leur rappelle. *Si cùm voluero retinere episcopatum meum, dispergo gregem Christi, quomodò est damnum gregis honor pastoris.*

Si l'on demande quelle est ma mission et quelles sont mes prétentions, je répondrai que je n'ai point la témérité de viser au titre d'homme de lettres, mais à celui de Français, comme j'ai déjà eu occasion de le dire; et que ma plume, en traçant ce que mon cœur lui dictait, n'a point consulté les avantages et les profits de l'esprit, mais le désir d'être utile à mes semblables. Je déclare que l'on chercherait vainement à reconnaitre le petit nombre de ceux que l'on me soupçonnerait à tort d'avoir voulu signaler : ils appartiennent au centre comme à la frontière ; et si les révolutionnaires ont entre-eux un tel air de ressemblance, qu'il soit difficile de ne pas s'y tromper, on doit espérer qu'ils céderont tous enfin à la nécessité, et que l'on ne verra bientôt plus en France qu'une seule famille sous un même père. *Lætabitur deserta et invia, exultabit solitudo, et florebit quasi lilium.*

FIN.

Note de l'Éditeur.

La publication de cette brochure aurait dû paraître deux mois plutôt, sans les impressions administratives, plus nombreuses à la fin de chaque année et au commencement qu'à toute autre époque. C'est également par ce motif que les fautes qui suivent, ont eu lieu.

Page 2, *ligne dernière*, et tout ordre *lisez* et de tout ordre.
Page 20, *ligne* 6, se serait *lisez* ce serait.
Page 23, *ligne* 18, excité *lisez* tenté.
Page 55, *lignes* 19 *et* 20, après combat *lisez* après le combat.
Page 83, *lignes* 18 *et* 19, l'auteur romain *lisez* l'orateur romain.
Page 95, *ligne* 21, inamovabilité *lisez* inamovibilité.
Page 114, *ligne* 9, successeurs *lisez* prédécesseurs.
Page 118, *ligne* 25, l'un de ces *lisez* l'un de ses.
Page 122, *ligne* 5 *de la note*, ou l'affection *lisez* et l'affection.

www.ingramcontent.com/pod-product-compliance
Ingram Content Group UK Ltd.
Pitfield, Milton Keynes, MK11 3LW, UK
UKHW020143200726
13856UKWH00003B/819

9 782012 481022